BBULMEDIA

http://www.bbulmedia.com

건곤무쌍

乾坤雙無

③ 각인

추몽인 신무협 장편 소설

건곤무쌍

건곤유일검이었던 내 별호는 어느새 건곤무쌍제가 되어 있었고 나와,
동시대를 살던 이들은 이제 그 흔적조차 남지 않았다 그래도 절대 달라지지 않은
한 가지가 있었으니…… 그것은 바로 놈의 존재!

目次

1

단두(斷頭)

자색 서기와 보랏빛 아지랑이.

유장천과 단조양이 기세를 일으키자 둘에게 벌어진 일
이다. 본시 기가 무형이란 사실마저 뒤집는, 한마디로
앞으로 벌어질 싸움은 적어도 무형을 유형으로 끌어올린
자들의 싸움이라 말하고 있는 것과 다름없었다.

이런 이유로 그 정도에 차이가 있을 뿐 속으론 다들
상대에 대해 인정하고 있었다.

'그래도 전에 싸웠던 애송이들보다는 확실히 뛰어나
군. 적어도 단신으로 당문을 찾아와 배짱을 부릴 정도는
돼. 환환마갑에 이은 번천수라기(飜天修羅氣)라……'

단조양의 전신에 피어난 보랏빛 아지랑이는 번천수라 기라는 희대의 마공을 운용하며 나타난 결과였다. 이 또한 오랫동안 마교의 악명을 혁혁히 쌓아올리는데 일익을 했던 절학이었다.

'잘해봐야 서른이나 되었을 놈이…… 역시 건곤무제의 후예로구나. 벌써 무신의 건곤무극공(乾坤無極功)을 극성에 다다르도록 익히고 있으니, 나이만 보고 경시할 일이 아니다.'

팟!

누가 먼저랄 것도 없었다. 상대에 대한 품평이 끝나자 물어뜯을 듯 바로 달려들었다.

한순간의 방심이 바로 죽음과 직결된다는 근접 박투.

서로 상대의 몸에 일격을 가할 때마다 절로 그 주위의 대기가 함께 빨려 들어갔다.

시간이 지날수록 두 사람을 중심으로 회오리바람이 일기 시작했다. 보랏빛과 자색이 어우러져 보기에는 좋았지만, 그 여파는 무시무시했다.

펑! 퍼벙!

사방으로 뻗치기 시작한 둘의 유형 강기가 하나둘 주변의 것들을 파괴해 가기 시작했다.

땅이 파이고, 근처의 전각과 담장들이 닿는 족족 모래 성처럼 허물어졌다.

그야말로 지켜보는 당가주 당무독 입장에서는 속이 타 들어 가는 광경이었지만, 실제로는 이보다 더 많은 가옥 들이 파괴되더라도 한 가지만 이뤄지면 상관없다는 마음 이다.

단조양의 패배. 더 나아가 이걸 시작으로 십패 중 한 곳과도 해볼 만하다는 자신감만 붙는다면!

진정 그렇게만 된다면 분열된 가문의 중지도 하나로 모을 수 있을 것이다. 비록 그것이 타인에게 기대는 일 이라도 적어도 선대에 깊은 연이 닿아 있는 건곤무제라 면 그 부분은 충분히 감수할 수 있었다.

쾅!

그 순간 지금까지와는 비교도 안 되는 폭음이 회오리 의 중앙부에서 터졌다.

"큭!"

더불어 짤막한 비명과 함께 그림자 하나가 밖으로 튕 겨지기까지 했다.

'누구?'

지켜보는 자들의 머릿속에 공통으로 든 생각이다. 아

직은 주변을 휩쓰는 바람과 먼지로 인해 그 당사자를 알아보기 힘들었기 때문이다.

팟!

바로 이어 또 다른 그림자가 튕겨져 나가는 그림자를 쫓았다.

쫓기는 자도 당할 수 없다는 듯 물러서는 상태 그대로 크게 손을 휘둘렀다.

덕분에 그의 정체가 밝혀졌다. 한순간 휘두르는 그의 손에서 보랏빛 아지랑이, 아니, 보랏빛 기운이 뭉게구름처럼 피어났다.

푸스스.

닿는 건 무엇이든 으스러트릴 것처럼 기운이 지나간 자리에서 묘한 소음이 일었다.

번쩍!

반면 반대쪽에서는 소리도 없이 빛의 폭발이 일어났다.

그러자 거짓말처럼 그렇게 기세 좋던 보랏빛 뭉게구름이 한순간에 반으로 쫙 갈라졌다.

"늙은이. 검이 아닌 걸 다행으로 알아."

"마, 말도 안 된다! 어찌 번천수라강(飜天修羅罡)이

이토록 허무하게……."

"간단해. 하늘을 뒤집는 정도로는 아예 갈라 버리는 은하일섬의 상대는 아니란 소리지."

"은하일섬…… 역시나 대단한 무신의 절학. 졌……."

푸핫!

말을 잇던 단조양의 미간에서 핏물이 터졌다. 만일 유장천의 손에 검이 들렸다면 머리부터 발끝까지 수직으로 갈렸겠지만, 어쨌든 그 덕에 이처럼 숨이 끊길 때까지 몇 마디 말이라도 나눌 수 있었다.

하지만 아직 싸움은 끝난 것이 아니었다. 쓰러지기 직전 단조양의 가슴 옷자락이 유장천의 손에 잡혔다.

"이대로 끝난다면 내가 섭섭하지. 감히 일검사우를 건드린 죗값은 이 정도가 아니거든."

마치 산 자를 대하듯 하던 유장천이 말끝에 자유로운 왼손을 뒤쪽으로 뻗었다.

우우웅.

갑자기 그곳에서 요란한 검명이 들리더니, 마치 운룡이 살아 있는 것처럼 뻗은 손으로 빨려 들어갔다.

스르릉.

유장천이 손을 흔들자 운룡이 검갑을 벗고 새빨간 검

신을 드러냈다.

휙!

그 상태로 유장천이 운룡을 이용해 무언가를 잘랐다. 그리고 그것이 바닥으로 떨어지기 직전 손을 뻗어 그것을 낚아챘다.

덕분에 그제야 자유로워진 단조양의 육신이 편히 땅에 몸을 뉘였다. 다만 안타까운 건 머리는 아직 그럴 여건이 주어지지 않았다는 것뿐.

"흑!"

"……!"

"음!"

이런 결과에 곳곳에서 충격을 못 이긴 비명을 토해냈다.

"종복!"

유장천이 그중 하나를 불렀다.

처음에는 그가 대체 누구를 지칭하나 했지만, 곧 그게 자신임을 알고 심옥당이 서둘러 답했다.

"마, 말하시오."

"이리 와서 이것을 받아 적당히 포장해 두도록."

말끝에 유장천이 손에 들고 있는 물건을 심옥당 쪽으

로 내밀었다.

하지만 바로 몸을 움직일 수 없었다. 이날 이때까지 사람의 수급이 잘리고, 또, 실제로 그런 일을 벌인 적도 있지만, 왠지 지금만큼 끔찍하다는 생각이 들지 않았다.

다른 누구도 아닌 이 순간 책임져야 할 수급이 단조양의 것이기 때문일까?

"……."

"뭐해! 아직 우리 둘 사이의 계약은 유효할 텐데."

"아, 알겠소."

어쨌든 약속은 약속인지라 어찌어찌 몸을 움직여 유장천 곁에 다가가긴 했지만, 그렇다고 선뜻 그걸 받아들진 못했다.

"내가 잔인무도해 보이느냐?"

"음……."

심옥당은 왠지 대답할 수 없었다.

"대답을 못하는 걸 보니 그렇게 생각하나 보군. 헌데 잘 들어. 때론 한 번의 잔인함이 불필요한 수십 번의 살인을 막아줄 수 있는 최선의 방법이란 걸. 그래도 아직 이해 못한다면 조만간 내 직접 보여줄 테니 지금은 일단 받아!"

아예 거부할 수 없게 떠넘기듯 심옥당의 품에 단조양의 수급을 안겨 버렸다.

그 후, 유장천은 넋이 나간 듯한 그를 뒤로하고 당무독을 찾았다.

"당가주. 시신은 잘 염해 야수궁으로 보내주시오."

"그 말은 수급 없이 보내겠단 소리인가?"

"맞소. 수급은 따로 쓸 데가 있소. 하지만 어차피 수급도 다른 사람을 통해 곧 야수궁으로 배달될 것이오. 그러니 그 부분은 걱정하지 않아도 될 것이오."

"음······."

그러나 당무독은 걱정이 되지 않을 수 없었다. 수급 없이 육신만 달랑 보내면 그 결과는 뻔했다. 그날부로 야수궁의 노도와 같은 기세가 바로 당문을 향하게 될 것이다.

그 순간 마치 그 속을 읽은 것처럼 유장천이 한마디를 더 보탰다.

"가주. 걱정대로는 안 될 것이오."

"허면 무슨 방도가 있단 뜻인가?"

"그건 아니지만 어쨌든 그렇게 될 것이오. 힘 있는 자들일수록 자존심 같은 면에서는 더욱 지독하니, 적어도

나를 없애기 전까지는 당가에 직접 손을 대진 않을 것이
오.”

“허나 그 또한 썩 내켜야 할 일은 아닐세.”

“다 내 스스로 자초한 일이요. 이 정도도 생각 않고
일을 벌일 정도로 바보는 아니니 걱정 마시오.”

“그 말…… 믿을 수밖에 없군. 애초 타인의 손을 빌린
본가 입장에서야 그것 말곤 달리 방도가 없으니…… 어
쨌든 시체를 돌려보내는 일은 차질 없이 처리해 두겠
네.”

“부탁하겠소.”

그 후, 유장천은 시선을 옮겨 조금 엉뚱하달 수 있는
곳을 바라보았다.

그가 있는 곳에서 대략 삼십여 장 정도 떨어진 곳. 그
거리 덕택에 심한 싸움에도 조금도 손상을 입지 않은 한
전각이었다.

‘아무래도 운무곡을 나설 때 보았던 그 쥐새끼 같은
데. 그간 계속 내 주위를 얼쩡거린 듯하군.’

느끼는 그사이 이미 그 기척은 사라진 뒤였다. 분명
그전까지만 해도 기척을 잘 숨기고 있었는데, 유장천이
보인 마지막 행동에 다른 이들처럼 자기도 모르게 호흡

을 흘트린 듯했다.

'아쉽군. 조금 더 일찍 눈치챘으면, 적어도 위지악 그 놈과의 관계 여부를 확인할 수 있었을 텐데.'

이제 와 당시 운무곡 앞을 지키던 자들을 더는 다른 곳과 연관시키기 힘들었다.

남은 것이라곤 유장천의 내심처럼 진정으로 혈황과 관계가 있냐 없냐 그것뿐.

'이제껏 포기하지 않은 놈들이니 기회는 또 오겠지.'

그렇게 유장천이 쥐새끼에 대한 생각을 지웠을 때였다.

바람을 타고 갑자기 달콤한 방향이 전해져 왔다. 해서 돌아보니 당정청이 똑바로 그에게 다가오고 있었다.

그런데 정작 시선이 마주치자 당정청이 뭔가 갈등하는 모습을 보였다.

원치 않아도 유장천은 조금 전의 그 일과 어떤 연관이 있단 생각이 들었다.

"내게 할 말이 있소?"

그래서 일부러 조금 무뚝뚝하게 대했다. 서문옥을 대했을 때와는 커다란 차이였다.

"네. 대협께 감사 인사를 드리고 싶어요. 덕분에 본가가 더는 단조양의 협박을 당하지 않아도 되니까요."

"하지만 가주는 오히려 이 때문에 야수궁의 침공을 걱정하던데. 낭자는 아무렇지 않소?"

"아니에요. 걱정돼도 정말 많이 걱정돼요."

"허면 어찌 그런 생각을 가지고 있으면서 내게 고맙다 말하는 것이오. 이럴 때는 차라리 원망하는 편이 더 속 편할 텐데."

"그건……."

뭔가 말할 듯 입을 떼긴 했으나, 당정청은 끝내 뒷말을 잇지 않았다. 대신 조금 시간을 둔 후에 다른 말을 꺼냈다.

"혹 이대로 야수궁의 문제가 해결될 때까지 본가에 머무실 건가요?"

"뭐 대충 그렇게 될 것 같지만, 일단 그전에 해결해야할 일이 있소."

"해결할 일이요? 혹 이보다 더 위험한 일인가요?"

"위험한 일? 하하. 아니오. 위험하기 보다는 오히려 재미있는 일이라고 할까? 과연 기다리던 자의 수급을 받아 쥐고 놈이 어떤 표정을 지을지 벌써부터 기대되는구려."

유장천은 정말 그때가 기다려지는 지 꽤 오랫동안 미소를 지우지 못했다.

반대로 그 속내를 짐작 못하는 당정청은 더욱 곤혹스런 표정을 지었지만……

그 대신 이로 인해 더욱 눈앞의 상대에게 흥미를 갖게 되었다고 할까?

왠지 자꾸만 정한수 떠놓고 석가세존과 원시천존에게 빌던 초항아의 만에 하나가 점점 현실이 될지도 모른다는 불안감이 일기 시작했다.

❖

유장천과 단조양이 벌인 싸움의 여파는 꽤나 여러모로 당문에 큰 상처를 남겼다.

직접적으로 싸움에 휩쓸려 엉망이 된 전각들은 둘째치고라도 제일 큰 문제는 아예 그 자리에 있지도 않은 사람들에게 있었다.

어찌 싸움터에 있지도 않은 사람들이 큰 상처를 입었을까?

물론 몸은 아니다. 그보다는 몇 배나 더 치유하기 힘

든 마음에 커다란 상처를 입고 말았다.

이번 일로 반항복 선언을 주장했던 무리들은 그야말로 고개조차 들지 못했다. 단조양이 죽은 만큼 당가에 더는 선택의 여지가 남지 않게 되었다.

문제는 이를 주장한 자들이 대부분 직계 쪽이라는 데 있었다. 가뜩이나 방계의 불만이 큰 마당에 이는 그야말로 한순간에 당문을 공중 분해시킬 정도로 엄청난 사건이었다.

더는 직계의 권위를 내세울 수 없었다. 앞으로 선택할 수 있는 건 오로지 멸문을 각오한 결사항전!

오로지 이 하나만 남았기에 여기서 또다시 반전을 외치면 그건 말 그대로 야수궁에게 통째로 당문을 갖다 바치자는 말과 다르지 않았다.

단순히 독강시를 내주고 끝낼 문제 수준이 아니란 뜻이다.

결국 모든 게 누군가의 바람대로 되긴 했지만 당사자로선 입이 쓸 수밖에 없었다.

'역시 물이나 사람이나 고이면 썩기 마련이야. 자그마치 이백 년, 고집스레 장자 계승의 원칙을 지켜온 당문도 이젠 새로운 길을 걸어야 할 때인가?'

흔들리듯 타들어 가는 촛대를 보며 당무독은 처소에서 이런 생각을 했다.

이대로 두면 분명 초는 다 타 버려 꺼지고 말 것이다. 그걸 막는 방법은 오로지 새 초에 불을 붙여 그 불꽃을 이어 나가는 것뿐.

때문에 어쩜 슬하에 아들을 두지 않고 딸만 하나 둔 것이 다행이란 생각도 들었다.

'그러나 누구에게 물려준단 말인가? 육십 년이나 이어져 온 직계와 방계의 골로 양쪽 누구를 택해도 결과는 뻔한데.'

어느 쪽을 택해도 반대쪽의 만만찮은 저항을 받게 될 것이 불을 보듯 뻔해 택할 수 없었다.

아니, 아예 선택지가 없는 것은 아니다.

양쪽 모두가 공감할 수 있는 존재. 현 시점에서는 누가 뭐래도 작금의 야수궁 문제를 해결하는 자가 될 것이다.

그리고 바로 그자는……

그때였다.

똑똑.

"아버님 정청이옵니다."

"들어오너라."

당무독의 허락이 떨어지고, 낮에 비해선 한결 여성스러운 복장을 갖춘 당정청이 들어섰다.

"어인 일이더냐? 이 야심한 시각에 날 다 찾고."

"긴히 드릴 말씀이 있습니다."

"기다렸다가 내일 하지 못할 정도로 중한 일이더냐?"

"네!"

당정청의 대답에는 한 점 망설임도 없었다.

그래서 당무독도 딸의 그런 의중을 존중해 주었다.

"앉거라."

"네. 아버님."

하지만 당정청은 의자에 앉기 전, 미리 뭔가를 준비해 놓은 듯 다시 밖으로 나가 쟁반 하나를 들고 들어왔다.

"허허. 네가 먼저 술을 다 하자 하고. 도대체 무슨 이야기 나올지 벌써부터 걱정이 되는구나."

"하오나 걱정이면 걱정이고, 또, 반대로 해결책이면 해결책인 이야기입니다. 일전에 아버님도 말씀하셨지요. 이번 일, 명으로써까지 반드시 소녀가 하길 바라신다고."

"그랬지. 평소와 달리 네가 먼저 그런 말을 하는 걸

보니 그때 꽤나 섭섭했나 보구나."

쪼르륵.

대답 대신 당정청은 당무독의 잔에 한 잔의 술을 따라
주었다.

그런데 당무독이 술 향기만 맡고도 조금 놀랍단 반응
을 보였다.

"이건 여아홍(女兒紅)이 아니더냐?"

"네. 어머니가 돌아가시기 전, 저를 위해 담가 놓은
바로 그 술입니다."

"음……."

먼저 떠난 부인 이야기 나와서인지 당무독의 표정이
어딘가 조금 침통해 보였다.

그걸 보고 당정청이 입을 열었다.

"아직도 잊지 못하시는가 보군요."

"잊는다라…… 그보다는 차라리 가슴에 묻는다고 해
야겠지. 사람이 죽어 흙 속에 들어가지 않는 이상, 그
어떤 일도 잊는 건 무리일 테니."

"하오면 아버님께서는 묻었습니까?"

쭉.

당무독이 대답 대신 한번에 잔을 털어 넣었다. 그 후,

빈 잔을 제 앞에 내려놓으며 가만히 당정청의 얼굴을 바라보았다.

"네가 없었으면 어쩌면 그럴 수도 있었겠지. 하지만 자식이 왜 부모를 닮는지 아느냐? 머리부터 발끝까지 그 모든 것이 바로 부모인 내게서 나오기 때문이다. 물론, 그 반은 먼저 간 그 사람의 것이지만……. 그러니 어찌 물을 수 있겠느냐?"

쪼르륵.

또다시 당무독의 잔이 채워졌다.

하지만 당무독은 바로 그 잔을 들지 않았다.

"결심이 흔들렸나 보구나."

"아버님. 소녀도 한잔하겠습니다."

"그래."

당무독의 허락이 떨어지자 당정청이 미리 준비해 놓은 제 잔에 술을 따르고 한번에 들이켰다.

부모와 자식은 닮는다 어쩐다 하더니 영락없이 술 마시는 것까지 닮은 부녀였다.

어쨌건 한번에 들이킨 한 잔의 술 덕분에 당정청은 용기를 낼 수 있었다.

"네. 그러지 않으려 했는데. 역시 소녀도 여인은 여인이더군요."

"허면 오히려 잘된 것 아니냐? 명이 아닌 네 스스로 그의 반려자가 되려는 것인데."

"하지만 시간이 야속합니다. 그러기에는 소녀나 가문에 주어진 시간이 너무도……."

참지 못하고 당정청이 또다시 술을 따라 한번에 들이켰다.

반대로 오히려 당무독은 천천히 술을 음미하며 마시기 시작했다.

여아홍의 달콤한 주향과 입안 가득 채워지는 산뜻한 풍미가 몇 번이고 술을 마시게 해줄 것도 같았는데 아니었다.

달콤한 주향은 톡 쏘는 것처럼, 반대로 산뜻한 풍미는 모래라도 머금은 듯 껄끄러웠다.

지금 당정청은 시간이 너무도 촉박하기에 여인이라면 응당 바라는 정인과 보낼 그 행복한 시간을 아쉬워하는 것이다.

'하지만 본가의 처지가 아니라도 그는 결코 오래 머물러 있지 않을 것이다. 그에게 주어진 건 당문뿐만 아니라, 과거 일검사우와 관계된 모든 흉사가 다 그의 어깨

乾坤無雙

에 걸려 있다. 그 일을 끝마칠 때까지 결코 한 곳에 안주하지 않을 것이다.'

하지만 지금 당정청에게 이 말을 해준다고 해도 얼마나 수긍하고 받아들일지…….

아니, 지금은 이보다 더한 말을 해준다고 해도 결코 받아들이지 못할 것이다.

"아버님!"

그사이 몇 잔의 술을 더 들이켠 당정청이 당무독을 불렀다.

마시는 모양새에 비해 주량은 그리 세지 않은지 양볼이 붉게 달아올라 있었다.

"말하거라."

"아버님. 그래도 소녀 반드시 아버님의 바람을 이뤄드릴 거예요. 아버님도 그러셨잖아요. 이날까지 불효만 한 소녀에게 주는 마지막 기회라고. 그래서…… 그래서…… 그래……."

쿵!

결국 술의 힘을 빌리려던 당정청의 노력이 끝내 그 술에 덜미를 잡히고 말았다.

탁자에 얼굴을 묻은 채 새근대며 잠에 빠져들었다.

가만히 그 모습을 지켜보던 당무독이 피식하고 웃고 말았다.

몸도 다 자라고, 나이도 이십대를 훌쩍 넘겨 삼십이 되었는 데도 여전히 애란 생각이 들었다.

그래선지 일전에 당정청에 내린 명이 오늘따라 마음에 걸렸다.

"그래도 용은 잡기 어려워서 그렇지, 잡기만 하면 그 가진 여의주로 반드시 널 행복하게 해줄 것이다. 그러니 지금은 괴롭더라도 참고 견디려무나. 네가 못한다면 이 애비의 남은 평생을 다 바쳐서라도 꼭 그렇게 만들어 줄 테니. 알겠느냐, 소청아?"

하지만 오랜만에 어렸을 적 아명으로 불렸음에도 당정청은 이에 대해 뭐라 답할 수 없었다.

그래도 뭔가 이 덕에 좋은 꿈이라도 꾸는지 살포시 입가에 미소가 걸렸다.

"원. 녀석."

따라 미소 짓던 당무독은 그녀를 안아 옮길까 하다가 그만두었다. 괜히 좋은 꿈꾸는 걸 방해할까 걸치고 있던 장포를 그녀에게 덮어둔 채 남은 여아홍을 들고 아내의 위패가 모셔진 곳으로 걸음을 옮겼다.

❖

　"술맛…… 좋소?"

　문득 들려오는 한마디에 유장천의 고개가 그쪽으로 향했다. 아니, 사실 굳이 돌아볼 필요도 없었다. 이미 누군가의 기척을 느끼고, 또 그 정체까지 파악한 뒤였으니…….

　"좋을 것 같나?"

　"뭐, 나쁠 건 또 뭐요? 이제껏 끔찍스레 남의 머리를 만지다 온 사람은 주인도 아닌 난데."

　"그 말은 시킨 일은 다 끝냈다는 소리군."

　"그렇소. 잘 포장해 놓아 결코 그 안에 단조양의 수급이 들었다곤 꿈에서조차 알지 못할 것이오."

　"그렇다면 일단 앉지. 그렇지 않아도 혼자 마시려니 좀 적적했었는데."

　그 말을 따라 심옥당이 유장천의 맞은편에 앉았다.

　현재 둘은 일전에 당무독과 대화를 나누었던 당문 내의 용화정에 있었다.

　본시 용화정은 이렇듯 외인이 함부로 출입할 수 있는

곳이 아니다. 다만 당무독의 허락 덕에 유장천과 심옥당은 용케 마음먹은 대로 출입할 수 있었다.

게다가 남들이 한창 잠자리에 들 늦은 시각이다.

사실 이런 야심한 밤에 이곳을 찾을 자가 있는 것도 아니라 둘은 편히 이곳에서 시간을 보낼 수 있었다.

뭐, 여전히 용화정에 자리한 폭포가 내는 소리가 귀에 거슬리긴 했지만.

"헌데 주인도 그런 말을 할 줄 아는구려. 난 입만 열었다면 사람 당혹스럽게 만들고, 괴롭히는 말들만 쏟아낼 줄 알았는데."

"물론 그게 내 주특기이긴 하지. 하지만 저 봐, 달빛이 좋잖아."

정말 유장천의 말처럼 하늘에는 조금도 이지러짐 없이 환한 보름달이 땅을 밝히고 있었다.

이처럼 주변의 경관도 좋고, 달빛도 좋고. 또, 감시하거나 괴롭히는 이들도 없으니, 이 순간만큼은 유장천도 요 근래 가장 그를 가장 괴롭히던 두 가지 골칫거리. 잃어버린 육십 년과 혈황 그 개자식에게서 잠시 벗어날 수 있었다.

물론 그 덕에 저 밤하늘 위의 보름달 같은 초항아의

얼굴이 너무도 그리웠지만 이런 사실은 입 밖으로 꺼내지 않았다.

그래서 심옥당이 대신 그 부분을 걸고넘어졌다.

"자고로 보름달을 보고 있으면 누군가의 얼굴이 절로 떠오른다던데. 혹 그 때문에 그런 것 아니오? 설마 당독화 당정청 소저요?"

"푸흡!"

공교롭게도 이 순간 유장천은 막 술잔을 입에 가져가고 있었다.

초항아와 당정청.

이 둘을 함께 연관시키면 영락없이 유장천의 비참한 노후와 연관되기에 서둘러 고개를 저었다.

"갑자기 이 무슨 헛소리야? 내가 왜 이 순간에 당가주 딸을 떠올려. 종복 네 마음이 그러면서 지금 나한테 덤터기 씌우는 거 아니야?"

"내가 무엇하러 그러오. 하지만, 설사 또 그러면 어떻소? 사내가 미녀를 생각한다. 이는 옥황상제도 어쩔 수 없는 우주의 섭리요."

"허어. 점점……."

"점점이 아니라 어떻게 할 거요?"

"뭘 어떻게 해. 내가 방금 말했잖아. 아니라고."

"허면 단조양의 수급을 계속해서 이대로 끼고 다닐 생각이요?"

"그래. 계속해서 그렇게 끼……."

그런데 여기까지 말하던 유장천도 그제야 뭔가 자신이 오해했음을 깨달았다.

'이 자식이 진짜……!'

역시나 예상대로 심옥당은 이 순간 싱글벙글이었다. 일부러 유장천의 당황하는 모습을 보려 밑도 끝도 없이 당정청 이야기 뒤에 단조양의 일을 갖다붙인 것이다.

"왜 내 얼굴에 뭐가 묻었소?"

"종복. 그간 쌓인 것이 많았나 보구나. 아니, 그전에 상린남영의 고통에서 해방되어 기가 살았나?"

"뭐, 굳이 이유를 듣겠다면 둘 다요. 허나 그간 주인이 내게 한 짓에 비하면 이건 이자도 못되오."

"호오. 그 말은 끝내 이자는 물론 원금까지 받아내겠다? 내가 이대로 사천에 눌러 붙는다 해도 상관없단 뜻인가?"

현재 유장천과 심옥당의 계약 조건이 다름 아닌 유장천이 사천에 머물 때까지만 그 효력이 지속된다고 했다.

한마디로 유장천이 사천만 뜨면 더는 심옥당도 그를 주인으로 모셔도 되지 않아도 된다는 뜻이다.

그런데 놀라운 건 심옥당의 반응이다. 귀까지 후벼대는 꽤나 심드렁한 반응이었다.

"마음대로 하시오. 이곳에 눌러 붙던 뼈를 묻던…… 서당개 삼 년이면 풍월을 읊는다고. 나도 슬슬 작금의 현실에 적응해 가고 있는 중이니."

"다시 말해 종살이가 마음에 든다?"

"뭐, 세경은 못받는 처지지만, 덕분에 어디 가서 맞고 다닐 일은 없지 않소. 천하의 단조양마저 주인 손에 그 지경이 되었는데, 어디 십패주라도 무사하겠소?"

심옥당은 그야말로 청산유수였다. 유장천의 협박해도 별 동요 없이 꼬박꼬박 거기에 대꾸했다.

반대급부로 유장천의 속은 끓어넘칠 듯 부글거렸다.

'애꾸나 대머리처럼 쥐어 패지 않아 그러나? 그야말로 배 째라는 식이니.'

그래서 슬그머니 운룡의 손잡이에 손을 올렸지만, 그렇다고 뽑거나 하지 않았다.

그렇다고 유장천이 갑자기 무슨 성인군자가 되어서 그리한 것은 아니다. 이는 너무 쉬운 방법이라 어떻게든

굴리고 굴려 두 번 다시 까불지 않겠다는 각서라도 받을
심산이었다.

"맞아. 그 변죽 좋아 천하를 십일 등분해 먹는 놈들
따윈 내 상대가 못돼지. 예전에 거의 혼자 다 집어삼키
려던 놈도 결국 내 손에 끝장났으니."

"혹…… 주인이 말하는 사람이 혈황이오?"

"왜 아닌 것 같아?"

"그야 물어보나마나지 않소. 혈황은 일갑자 전의 사람
이고, 그에 반해 주인은 당시엔 태어나지도 않은 사람인
데. 어찌 그런 그가 주인 손에 끝장이 날 수 있소?"

"그야…… 알면 다쳐."

"이…… 또 그 소리요!"

뭐 때문인지 심옥당은 매번 이 말을 들을 때마다 괜스
레 화가 치밀었다. 그 이유까지 알 수 없어, 아니, 그 이
유를 모르기에 더 그랬다.

"그럼 어떻게 해. 정말 알면 종복 네가 다칠 텐데. 아
니, 이번 기회에 각오하고 한 번 들어볼래?"

유장천은 친절히 그 뒤에 무슨 일이 벌어질지 손가락
을 푸는 걸로 보여주었다.

이번엔 심옥당 속이 부글거렸다. 분명 저 꼼수는 어떻

게든 펠 구실을 찾으려는 수작이리라. 다만 지금은 그럴 만한 이유가 없어 참는 것뿐.

"되었소. 차라리 안 듣고 말지. 괜스레 주인의 그 시커먼 속내에 어울려 주고 싶지 않소."

"후회 안 해?"

"들어도 후회하고, 안 들어도 후회한다면, 차라리 안 다치는 쪽을 택하겠소."

"후후. 잘 생각했어. 이제야 종복답군. 조금 전에는 난 다른 사람이 내 앞에 있는 줄 알았어."

"으드득."

심옥당이 부서져라 이빨을 갈다댔지만, 유장천에겐 저 소리가 마치 천상지음 같았다. 이제까지 부글거리던 속이 저 소리에 차분히 가라앉고 있었다.

덕분에 이제껏 둘 사이에서 눈치만 보던 침묵이 기다렸다는 듯 끼어들려 할 때였다.

"내일…… 흑골방으로 간다."

유장천이 한마디로 그런 침묵을 멀리 차 버렸다.

내용이 내용이라 심옥당도 한발 거들었다.

"전에 분명 내게 장보도는 안 넘길 거라 하지 않았소?"

"그랬지."

"그렇다면 대체 뭘……."

그 순간 심옥당의 머리에 그럴 만한 것이 하나 떠올랐다.

유장천이 바로 그 점을 확인시켜 주었다.

"포장은 예쁘게 잘해놨나? 받아본 흑골방주가 놀라 까무러칠 정도로 말이야."

"음……."

그전에 심옥당이 까무라치고 싶었다.

'그랬던가? 그래서 일부러?'

이제야 왜 낮에 단조양과의 싸움에 유장천이 그토록 잔인하게 굴었었는지 알 것 같았다.

마치 죽은 제갈공명이 산 사마중달을 물리쳤듯, 유장천은 지금 단조양의 수급으로 흑골방주 마적세를 상대하려는 것이다.

"자, 그러니 내일을 위해 이쯤에서 파하지. 뒷정리는 종복 자네가 끝내도록."

유장천은 심옥당의 대답도 듣지 않고 먼저 용화정을 떠나갔다.

하지만 그제야 술맛이 돈 듯 심옥당 혼자 남아 병째

술을 들이켰다 다시 입에서 뗐다.

"캬! 정말 미치겠군. 이거 알면 알수록 점점 더 알고 싶어지니…… 마치 내가 꼭 사랑의 열병이라도 앓는 처자 같구나."

그렇다고 그게 정말 사랑은 아니다. 그보다는 함께 있으면 이제와는 다른 삶을 살 수 있을 거란 묘한 설렘? 여기에는 하나뿐인 목숨을 걸어야 하기에 더욱 뿌리칠 수 없는 끈적함이 있었다.

혹자는 이런 걸 두고 야망이란 다른 명칭을 갖다붙이기도 했다.

심옥당은 한참 동안 용화정을 떠나지 못하고 술과 달빛을 즐겼다.

그 후, 그마저 자리를 털고 일어났을 때엔 환청인지 아니면 혼잣말일지 모를 한마디가 그의 빈자리를 대신했다.

"인생 뭐 있어?"

2

경고(警告)

"없어. 없다고!"

예상치도 못한 호통성이라 계호림의 걸음이 빨라졌다. 분명 이 소리는 마적세의 집무실에서 들려왔기 때문이다.

평소라면 허락부터 받았겠지만, 상황이 상황인지라 바로 문을 열고 들어섰다.

"방주님. 대체 무슨 일……."

하지만 계호림은 뒷말을 이을 수 없었다. 집무실이 한바탕 태풍에라도 휩쓸린 듯 엉망이었다. 서가의 책들은 물론, 화병이며 의자 모두 바닥에 뒹굴고 있었다.

그런 난장판 속에서 마적세가 씩씩대고 있었다.

"네놈이냐?"

"……."

재수가 없으려니 하필이면 딱 이럴 때 마적세의 집무
실을 찾았다. 풀 길 없는 마적세의 분노가 고스란히 계
호림에게 떨어졌다.

"묻지 않느냐? 네놈이 가져갔느냐?"

"형, 아니, 방주님. 대체 무엇을 두고 제가 가져갔다
고 하시는 겁니까? 일단 그게 무엇인지부터 알려주십시
오. 그래야 가져갔는지 안 가져갔는지 말을 할 수 있지
않습니까?"

"조만간 매제가 찾아오지 않느냐? 이런 상황에 내가
이토록 열심히 찾는 게 그의 신물인 탈혼령 말고 뭐가
있겠느냐!"

"아……."

그제야 계호림도 대충 상황이 이해가 갔다.

탈혼령(奪魂令).

탈혼마수 단조양의 신물로 이건 일종의 맹세에 대한
증거물이랄 수 있었다.

이처럼 종종 무림인 중에서는 가까운 사람들이나 큰

도움을 받은 인물들에게 제 신물을 주곤 했다.

여기에는 이런 의미가 있었다.

당사자의 목숨을 달라는 식의 황당한 요구만 아니라면 이 증명패를 내밀면 무슨 일이든 들어준다. 제 나름대로의 상대에 대한 절대 신뢰를 표현하는 한 가지 방식이었다.

다만 신물은 다시 당사자에게로 돌려주면 더는 그에 걸맞은 요구를 할 수 없었다.

그래서 마적세도 이날까지 단조양의 탈혼령을 아끼고 아껴가며 그 사용할 때를 기다려 왔다.

마침내 그때가 찾아왔다.

일전에 혈황지보를 가지고 온 건곤무제의 후예를 상대하는 일에 이 신물을 쓰려고 했었다. 그렇게 해서 물건값도 주지 않고, 상대의 혈황지보만 쏙 집어삼킬 생각이었다.

하지만 정작 중요한 이 순간에 탈혼령을 사용하려니 보이지 않았다. 아무래도 어제 그걸 손에 들고 집무실에서 갈등을 한 일이 원인 같았다.

날이 밝아 다시 그걸 찾아보니 귀신이 곡하게도 찾을 수 없었다. 분명 이곳 말고는 그걸 흘릴 곳이 없는 데도 말이다.

그때였다.

"바, 방주님!"

정말 귀신이라도 본 듯 계호림의 낯빛이 해쓱해졌다.

덩달아 마적세도 뭔가 이상한 기분이 들어 그 시선을 따라가는데.

"……!"

역시나 그도 바로 흡사한, 아니, 더 큰 충격에 빠진 얼굴을 했다.

이 순간 그토록 찾길 바라던 탈혼령을 찾은 것까지는 무척이나 반길 일이었다. 문제는 그것의 위치가 마적세의 발아래였고, 또 본래의 형태를 잃은 채 부서져 있다는 것이다.

워낙 화가 나 이곳저곳을 들쑤셔 놓다보니 그 난리 통에 탈혼령이 휩쓸린 것도 몰라 벌어진 결과였다.

"어, 어찌 이런 일이……."

마적세가 몸을 굽혀 떨리는 손으로 더는 탈혼령이라 부를 수 없는 반으로 쪼개긴 옥패를 집어 들었다.

탈혼령은 그 모양새가 꼭 양팔을 허리에 붙이고 부동자세를 취한 사람 같았다. 그래서 그 윗부분이 발에 밟

혀 부러지자 마치 목이라도 잘린 듯 끔직한 모양새가 되고 말았다.

"허허."

너무도 기가 차 마적세는 헛웃음밖에 나오지 않았다.

그 순간 계호림이 더 기가 막힐 말을 했다.

"방주님. 혹…… 이 모든 게 무슨 불행을 예고를 하는 것이…… 혹 그분에게……."

차마 그분에게 무슨 일이 생긴 것 아니냐는 말이 생략되었지만, 그래도 충분히 그뜻은 전달되었다.

"닥쳐!"

마적세의 분노성과 그런 분노를 고스란히 담은 일격이 계호림에게 쏘아졌다.

미처 방비하지 못한 계호림이 그 일격을 허용하고, 집무실을 어지럽힌 물품들처럼 함께 어우러져 바닥을 굴렀다.

우당탕!

요란한 소리가 잠시 집무실을 뒤흔들었고.

"크흑!"

고통을 이기지 못한 계호림의 비명도 따라 거기에 섞여 들어갔다.

다행히 죽일 의도는 없었는지 아직 계호림의 숨은 붙어 있었다.

"자고로 입이 화근인 걸 모르느냐? 네놈은 명색이 부방주란 놈이 언제까지 그리도 울화통 터지는 소리만 해댈 테냐!"

"죄, 죄송합니다. 형님."

"더는 형님이란 소리도 말아라! 내 오늘 이후로 네놈을 부방주직은 물론, 내 의동생 자리에서도 쫓아낼 테니."

"……."

아무래도 마적세가 화가 나도 단단히 화가 난 듯해 더는 계호림도 입을 열지 않았다.

대신 다른 자가 이런 마적세를 찾았다.

"방주님!"

요란스레 인기척 하나가 다가온다 싶더니 결국 다급한 음성도 함께 실어왔다

"무슨 일이냐?"

"그것이 일전의 그 귀빈이 다시 본방을 찾았습니다."

"뭐?"

보고하는 수하나 답하는 마적세나 똑같이 격양된 반응

을 보였다.

귀빈의 재방문.

이 말은 다시 말해 일전에 마적세의 속을 홀라당 뒤집어 놓은 그 인간이 다시 본방을 찾았다는 소리였다.

'하지만 어찌…… 아직 약속했던 기일은 하루나 더 남았는데…….'

늦어지는 단조양의 소식만큼 이것도 꽤나 마적세의 속을 타들어 가게 만들었다.

그래도 놈이 혈황지보를 갖고 있는 이상 결코 좌시할 수 없었다.

"가자. 매형이 올 때까지 어떻게든 한 번 더 놈을 구워삶아야 될 것 같으니."

"예……."

주춤주춤 몸을 일으킨 계호림이 먼저 나서는 마적세의 뒤를 따랐다.

❖

"흠. 볼 때마다 느끼는 거지만, 도적놈 치고는 너무 잘해놓고 살아. 당가의 빈청도 이 정도는 아니던데."

"그야 이런 것도 일종의 힘의 과시 아니겠소? 찾아오는 자들의 기를 먼저 꺾어놓아 상황을 자신에게 유리하게 만들려는…… 주로 주판알 먼저 튕기는 자들이 종종 쓰는 수법이오."

"흥! 다 힘이 처남아서 그렇지. 힘이야 밤일 할 때나 싸울 때 빼고 뭐하러 괜히 헛심을 빼?"

"쯧쯧. 사람이요, 짐승이요? 고작 힘 쓸 데가 그런 것밖에 없소?"

"허면 종복 너는 그 일 말고도 다른 데 힘 쓸 정도로 여유가 있단 소린가?"

심옥당은 이 말에 왠지 아차 하는 심정이 되었다.

눈앞의 상대는 그야말로 꼬투리 잡기의 대가였다. 뭔 놈의 틈만 보이면 고혈도 모자라 골수까지 쪽쪽 빨아먹는 일이었다.

역시나 이런 기회를 놓치지 않았다.

"그렇다면 오늘 일 종복에게 맡기면 되겠군. 어차피 해독도 되었겠다. 소문의 그 이십팔대명인이란 인간들의 실력이나 한 번 구경해 볼까?"

"……"

심옥당은 이 순간 누구보다 자신의 입이 저주스러웠지

만 엎질러진 물이었다. 만일 여기서 발뺌했다간 또 어떤
끔찍스런 일을 떠 넘길지 몰라 그냥 입을 다물었다.

다행히 그때 이곳의 주인이 모습을 드러내 분위기를
전환시킬 수 있었다.

"어서 오시오. 영웅의 후예여! 하하!"

마적세로서는 조금 전의 일을 뒤로하고 꽤나 성심을
다해 건넨 인사였지만……

'넌 그 말로 한 대 맞을 거 열 대, 아니, 수백 대는
맞을 것이다.'

불행히도 유장천에게 후예란 두 자는 이제 거의 욕이
나 다름없었다. 이 때문에 원치도 않는 이중생활(?)을
하느라 가뜩이나 부족한 너그러움이 완전 바닥을 보였기
때문이다.

그래도 일단 그 즐거운 순간까지는 참고 견뎠다.

"하하! 역시나 방주는 사람을 대접할 줄 아오. 이런
환대라니 이럴 줄 알았으면 하루가 아니라 그냥 떠나지
말고 예서 푹 눌러 있을 걸 그랬소."

"하하! 그날의 접대가 썩 마음에 들었나보오. 이렇듯
입에 발린 소리를 다하고. 하지만 걱정 마시오. 그런 말
이 아니라도 내 바로 준비시키리다."

"……."

순간 유장천은 하마터면 인내고 나발이고 그냥 한 대 칠 뻔했다.

그날의 기억. 아니, 더 정확히는 밤새 유장천의 심신을 괴롭히던 그 끔찍한 고문.

그걸 한 번 더 겪게 하겠다고 하자 자기도 모르게 일순 머리가 하얘졌다.

만일 그 순간 사전에 약속한 대로 심옥당이 하나의 목함을 탁자 위에 올려놓지 않았다면 진짜 그렇게 되었을 것이다.

자연히 새로 나타난 자들의 관심이 거기에 쏠렸다. 꽤나 정성 들여 포장한 모양새가 마치 그 안에 보물이라도 들어 있다 자랑하는 것 같았기 때문이다.

"그건……."

유독 재물에 관심이 많은 마적세가 이걸 놓칠 리 없었다.

"이거 말이오?"

"그렇소. 전에는 이처럼 무언가를 들고 다니지 않지 않았소?"

"아…… 그보다 기억하시오? 본인이 떠나는 날, 계약

금 대신이라 주었던 일종의 성의표시……."

유장천은 일부러 상대가 더 빨리 떠올릴 수 있게 은근슬쩍 뒷말을 끌었다.

"아…… 하하. 뭐 그런 걸 다 일일이 기억하고. 본인은 벌써 그때 일은 다 잊었소."

"하지만 세상 이치가 가는 것이 있으면 오는 것도 있는 법인데. 어찌 그 중요한 이치를 잊을 수 있겠소? 그래서 준비했소. 분명 방주께서도 받아보면 꽤나 놀랄 것이오. 어쩌면 혈황지보 이상의 감동을 느낄지도 모르오. 하하!"

혈황지보 이상의 감동이라……

마적세는 일순 좀 전의 불쾌했던 사건이 이 말에 빠르게 눈 녹듯 녹아내리는 것 같았다.

'설마 이놈 실력만 그럴 듯하고 머리는 떨어지는 바보였던가? 어찌 내가 그날 약속을 지킬 줄 알고. 또 다른 보물까지 들고 온단 말인가?'

속내야 어떻든 마적세는 더욱 진하게 미소 지으며 시비를 불러 서둘러 주연 자리를 갖추라 명했다.

❖

주연 준비가 진행되는 사이, 유장천들은 또다시 일전에 머물던 호화로운 객실에서 시간을 보냈다.

"주인."

심심한지 심옥당이 먼저 말을 붙였다.

"왜?"

"보아하니 마적세는 제대로 미끼를 문 것 같고. 이 다음의 목표는 어디요? 바로 야수궁으로 쳐들어갈 생각이오?"

"왜 거기까지 따라가려니 겁나나?"

"그게 아니라 왜 인간이 짐승보다 낫다 하겠소. 똑같이 머리를 쓴다 해도 놈들보다 몇 배나 더 큰일을 해내기에 그런 것 아니겠소?"

"그래서?"

"그렇다 보니 싸움에도 병법이란 이름의 수단이라는 게 있소. 특히 수적으로 불리한 상황에서는 무엇보다 중히 여기는 방법이오."

"굳이 뭘 귀찮게, 그냥 단순하게 쓸어버리면 돼지."

"하지만 그건 단순한 게 아닌 거기에 두 글자를 더 보태 단. 순. 무. 식. 한 것이오."

일부러 들으라는 듯 심옥당이 단순무식이란 넉 자를
강조했다.

하지만 유장천은 평소와 달리 심옥당의 빈정거림에도
바로 화를 내지 않았다. 오히려 궁금한 기색을 띠었다.

"그렇다면 종복에게는 단. 순. 무. 식. 하지 않은 방
법이 있단 말인가?"

"물론. 비오서란 별호는 그저 내가 날다람쥐처럼 재빨
라서 붙은 게 아니오. 그보다 더 비상한 머리가 내게 있
기 때문이오."

멍석을 깔아주니 심옥당이 본격적으로 판을 벌렸다.

이때만큼은 유장천도 왠지 울컥하는 심정이 되었다.
하지만 응징은 듣고 난 다음에 해도 늦지 않았다.

"그럼 어디 그 비상한 머리에서 나오는 병법이라는 걸
들어볼까?"

"야수궁주에게 배첩을 보내 일대일 비무를 신청하시
오. 그 후, 천하에 그 사실을 소문내는 것이오."

"뭐?"

유장천의 되묻는 음성이 바로 높아졌다.

다른 자도 아닌 유장천은 한때 혈황의 손에서 천하를
구해낸 건곤무제 그 본인이었다. 그런데 지금 천하를 혼

자도 아닌 열한 명이서 나눠먹는 놈에게 먼저 비무를 신청하라니!

"그렇게 대놓고 싫은 내색 할 필요 없소. 이건 일종의 쉽게 물 수 없는 미끼요. 이렇게 되면 야수궁은 싫어도 결코 숫자로 밀어붙이는 짓은 하지 못할 것이오. 다름 아닌 영웅의 후예가 먼저 내미는 비무 신청이요. 게다가 천하가 그 결과를 지켜보고 있소. 과연 그들이 어떻게 나올 것 같소?"

"어떻게 나오긴 그전에 이런 짜증나는 수를 낸 놈을 찾아 묵사발을 내놓겠지"

"하하! 그럴 일은 없을 것이오. 그건 내 장담할 테니 걱정 마시오."

왠지 시간이 갈수록 부려먹기 힘든 종이란 생각이 드는 유장천이었다.

어쨌든 심옥당은 한 점 의심도 없었다.

"그리고 하나 더! 이런 방식은 훗날을 위해 더 좋소. 첫째, 이 비무에 대해 야수궁이 택할 방법은 한 가지이기 때문이오. 바로 주인의 힘 빼기. 명색이 다수로 하나를 핍박하지 않겠지만, 감히 궁주를 만나려면 나부터 꺾으란 식의 도전을 해올 것이오. 하지만 운 좋게도 우리는 그 수를 확 줄일 좋은 비책이 있소."

그러며 말끝에 심옥당이 비단 천에 꽁꽁 싸인 목함에 눈길을 주었다.

"음……."

유장천은 바로 그의 의도를 알 수 있었다. 일전에도 꽤나 잔머리에 능한 인간이란 생각을 했는데 확실히 그 생각이 잘못되지 않았다.

"두 번째는 앞서 말한 대로 훗날을 위한 포석이오. 이 모든 과정을 지켜본 십패의 다른 곳들은 야수궁의 이런 방식을 싫어도 따라하게 될 것이오. 가뜩이나 자존심이 강한 인간들이 바로 무림인이오. 남들이야 누가 더 낫다 못하다 떠들지만, 결코 스스로는 그걸 입증하고 싶지 않아 하오. 당연히 최소 비슷하단 소리를 듣기 위해서라도 똑같이 일대일을 고집할 것이오."

확실히 일리가 있었다. 이제껏 알게 된 일야와 십패의 관계라면 충분히 가능성 있는 말이었다.

"세 번째는 일야의 존재 때문이오."

심옥당은 여기에 하나를 더 추가했다.

"일야?"

"그렇소. 그는 누구보다 천하가 혼란해지는 것을 싫어

하는 분이오. 그런 이유로 오히려 누구보다 이런 방식을 지지할 것이오. 막말로 무인들이 누가 더 강한가 일대일로 자웅을 결한다는데, 아무리 평화가 좋기로서니 무림의 그 근본까지 부정할 수 있겠소?"

"하하하!"

유장천은 갑자기 웃음이 나왔다. 본래는 여기서 웃으면 안 되었지만 도무지 터져 나오는 웃음을 참을 수 없었다.

"왜 웃소? 남은 입 아프게 실컷 떠들게 만들고."

심옥당이 바로 불만을 드러냈다.

"좋아."

"뭐가 말이오?"

"그렇게 하지. 종복이 주인을 위해 애써 그런 기특한 생각을 했는데, 그걸 무시하는 것도 주인의 참된 자세는 아니지. 내 넓은 아량으로 기꺼이 거기에 따라주지."

왠지 재주는 이쪽이 부리고 생색은 다른 쪽이 내는 것 같았다.

하지만 심옥당은 이 정도도 만족했다.

'자신의 부족함을 알고, 또, 그걸 채워줄 누군가를 인정할 줄 안다면, 그것만한 윗사람의 자세는 없지.'

심옥당은 일전에 용화정에서 홀로 술병을 기울이며 느꼈던 감정이 또다시 새록새록 샘솟는 기분이었다.

그 순간 마치 심옥당의 마음을 읽을 것처럼 유장천이 의미심장한 말을 꺼냈다.

"대신 우리 계약 조건을 바꿔야겠어."

"계약 조건을 바꿔? 설마 이대로 평생 쭉 날 종복으로 부려먹겠단 소리요?"

"아니, 그보다는 더 깔끔하게 오늘로 쫑 내자고."

"쫑이라면……?"

되묻는 심옥당의 눈이 점점 커졌다.

"계약 파기. 종복이 이만한 성의를 보였는데, 더는 그런 사람을 내 종복으로 부릴 순 없지. 심옥당. 아니. 심형. 여기서 이제 우리 둘 관계 끝냅시다."

늘 반말 비슷한 말만 들어와서인가 왠지 심옥당은 가슴 한편이 저려오는 기분이었다.

그렇다고 싫다고 말하기에는 왠지 너무도 자존심이 상하는 일이었다.

"자, 그럼. 너구리가 다시 부를 때까지 느긋하게 편히 쉬어볼까나?"

이 말을 끝으로 유장천이 예전에 자신이 썼던 개인실

로 걸음을 옮길 때였다.

"잠깐!"

심옥당이 그런 유장천을 붙잡았다.

"왜? 아직 할 말이 남았소?"

"아니오. 대신 그보다 더 중요한 일이오. 그러니 나
또한 두 번은 묻지 않겠소. 정말 이대로 계약을 끝낼 생
각이오? 뭔가 좀 더 다른 할 말은 없소?"

"말은 무슨 말. 사내끼리 이 정도도 거의 낯간지러운
수준이지. 없소. 근데 희한하네. 언제는 종복이 될 바에
는 꽉 혀 깨물고 죽는다고 하더니 막상 끝난다니 아쉽기
라도 하나?"

"무, 무슨 소리요. 아쉽긴. 오히려 주, 아니, 귀하가
더 아쉬운 거 아니요? 앞으로 사천에서의 일을 마무리
지으려면 누구보다 내 도움일 절실할 텐데."

"과연 그럴까?"

"그럼 아니란 말이오?"

"물론, 어차피 난 심 형이 말한 계책인가 뭔가 아니라
도 충분히 이 운룡 하나만으로도 천하를 집어삼킬 수 있
어. 그런 내가 고작 이런 일에 아쉬워 할 것 같소?"

"하지만 유 형은 혼자고, 천하는 여럿이오. 과거 혈황

도 끝끝내 혼자서 천하를 상대하려다 결국 유 형의 조부
의 손에 끝장나지 않았소?"

"그렇지. 헌데 과연 당금 천하에서 건곤마제인 날 막
을 자가 있을까? 혈황이 다시 무덤에서 살아 돌아온다
해도 못할 그 일을…… 고작 일야인가 뭔가 하는 노친네
와 십패주란 작자들이 해낼 수 있을까?"

변한 유장천의 말투만큼 내용 또한 오만의 극치를 달
리고 있었다.

그럼에도 심옥당의 눈에는 그것이 자꾸 오만이 아닌
자신감으로 비춰졌다.

'결국 나와는 그릇이 다르단 말인가??"

천하가 인정하는 이십팔대명인. 비록 그중 말석에 불
과했지만, 그래도 누구 하나 비오서를 업신여기는 자들
은 없었다.

그런 심옥당이었지만 한 번도 이런 생각은 해본 적이
없었다. 오히려 그전에 오만이고, 자만이라 스스로 채찍
질하기 바빴다는 게 더 맞았다.

털썩.

무릎을 꿇었다. 전과 달리 강제가 아닌 진심에서 우러
나오는 그런 행동이었다.

"무슨 뜻이오?"

"수하로 거두어 주십시오. 그 어떤 대가도 아닌 진심으로 당신을 따르고 싶습니다."

"만일 싫다면?"

"그래도 따를 것입니다."

"그러다 괜히 애먼 칼 맞고 죽을지도 모르는데?"

"어차피 무림에 몸을 담은 그날 그 정도 일은 각오하고 있었습니다. 그것이 내가 따르기를 원한 자를 따르다 생긴 일이라면 기꺼이 기쁘게 그 죽음을 맞이하겠습니다."

"하하! 지금 이 행동이 얼마나 웃긴지 알고나 있소?"

"알고 있습니다. 하지만 이 순간의 내 진심까지는 웃지 말아주십시오."

"……."

유장천의 웃음이 멎었다. 일전에 비급보다 차라리 자신을 따르는 게 더 좋다던 곽당과 노대붕의 모습이 떠올랐기 때문이다.

'육십 년의 세월이 뭔가 내게 새로운 걸 주입한 것인가? 과거에는 없던 인연들이 어찌 이리도 한꺼번에 닥쳐온단 말인가?'

과거에는 인연이라곤 사우라 부르는 친구들이 전부였다. 그 외에는 모두 귀찮고 짜증나 다들 대하기 편한 소걸아를 통해 유장천과 접촉을 시도했다.

물론, 나이 든 명숙들은 좀 더 끈질겨 끝까지 유장천을 물고 늘어졌지만, 젊은 사람 중에는 결코 그런 이들은 없다 해도 과언이 아니었다.

유장천의 말투가 또 달라졌다.

"후회할 거야. 난 그렇게 목숨 바쳐 따를 정도로 좋은 놈이 아니야. 내 스스로 건곤마제라 칭하는 것만 봐도 모르겠어?"

"상관없습니다. 마제든 무제든 이 순간 오로지 제가 따르고 싶은 건 눈앞의 당신이니까요."

'빌어먹을.'

왠지 초항아에게 사랑한단 말을 처음 들었을 때와 비슷한 몸서리가 몸에서 일었다.

그러자 왠지 사부 북궁적이 떠올랐다.

'사부. 이상하오. 전과 다르게 사부의 명을 어기고 나도 모르게 불쑥불쑥 이빨을 보이는데 왜 내게 이런 일들이 자꾸 벌어지는 것이오? 설마 사부가 틀린 것이오? 아니면 내가 이상해져 버린 것이오? 아니, 그전에 진정 이

저주받은 운명에 누군가를 끌어들여도 되는 것이오?'

몇 번이고 스스로에게 이런 물음을 던졌지만 중요한 건 결코 이런 감정이 싫지 않다는 것이다. 전과 달리 귀찮지도 않고, 왠지 놓치면 후회할 거란 생각이 들었다.

"마음대로 해. 하지만 언제든 마음이 바뀌면 말하라고. 스스로 원한 만큼 떠나는 것 또한 스스로 택할 수 있게 해줄 테니."

그 후, 더는 말하는 것조차 귀찮다는 듯 서둘러 개인실로 사라졌다.

심옥당은 그런 유장천의 모습이 다 사라진 뒤에야 몸을 일으켰다.

"결코 그럴 일은 없을 것입니다. 누가 뭐래도 제이의 생명을 준 사람은 다름 아닌 당신이니까요."

상린남영을 해독해 준 일을 말하는 것이 아니다. 심옥당에게 있어 '인생 뭐 있어?'란 계기를 만들어 준 바로 그날, 진정으로 심옥당은 죽음을 두려워하지 않게 되었기 때문이다.

❖

모든 준비가 끝났다 전한 시비를 따라 찾은 주연은 여전했다.

언제 그 짧은 시간에 준비를 다 마쳤는지, 전처럼 눈과 입이 즐거운 보람된(?) 시간이었다.

'역시나 한 번 보나 두 번 보나 땅에 뜬 달은 몇 번을 봐도 질리지가 않구나. 좋구나, 좋아.'

엉덩이를 환히 드러낸 무희들의 뒤태를 보며 유장천은 연신 '좋구나, 좋아.'를 연발했다.

하지만 진짜 이순간이 가장 즐거운 자는 다름 아닌 마적세였다. 호박이 넝쿨째도 아닌 아예 밭떼기로 굴러들어 온 기분이었다.

'도대체 혈황지보 이상 가는 놀라운 보물이라니 대체 그것이 무얼까?'

언뜻 본 상자의 크기로 봐선 딱 사람 머리 통 하나 들어가면 꽉 찰 공간이었다.

그런데 이걸 떠올린 순간 일전의 탈혼령의 일과 맞물려 마적세의 좋던 기분이 금세 섬뜩함으로 바뀌었다.

'빌어먹을! 이 좋은 일에 고작 그딴 불길한 일을 떠올리다니.'

진정 그 안에 수급이라도 들었다간 탈혼령과 상관없이

단조양을 기다리지 못하리라.

"방주. 무슨 생각을 그리하시오?"

갑자기 들려온 유장천의 부름에 마적세가 짧은 신음을 토했다.

"아……. 미안하오. 본의 아니게 잠깐 다른 생각을 했소."

"그렇다면 잘되었소."

"……?"

"그렇지 않아도 나도 두 번째라 그런지 슬슬 지겨워지던 참이오. 장소를 옮깁시다. 이보다 더 즐거운 일이 우리 두 사람을 기다리고 있지 않소?"

'이보다 더 즐거운 일?'

마적세의 눈에 빠르게 탐욕의 기운이 차올랐다.

'그래. 그렇게 기대해라. 그래야 반대급부로 느끼는 절망도 커지는 법이니.'

유장천도 마주 미소 지었지만, 아무리 봐도 이건 미소라 부르기 힘든 조롱이었다.

어쨌든 둘의 의견이 하나로 합쳐지자 주연은 바로 막을 내렸다.

참석자들이 하나둘 대전을 떠나고, 장소를 옮기는 시

간조차 아까워 마적세는 바로 여기서 일을 벌이길 원했
다.

"옥당. 준비한 것을 올려."

"예. 주군."

둘의 어투가 바뀐 것도 모를 정도로 마적세도 또, 꿔
다놓은 보릿자루가 신세가 된 계호림도 기대를 넘어 탐
욕의 눈빛을 보였다.

문제의 옥함이 다시 한 번 탁자 위에 올라오고 그 순
간 그토록 기다리던 유장천의 허락이 떨어졌다.

"자, 방주 마음대로 풀어보시오. 부디 기대를 저버리
지 않길 바랄 뿐이오."

"고, 고맙소."

빠르게 뛰노는 심장만큼 입도 덩달아 떨렸다. 목함에
뻗어가는 손도 거기에 영향을 받아 생각보다 겉을 싼 비
단천을 벗겨내는 데 시간이 걸렸다.

쪼르륵.

유장천은 그 모든 걸 감상하듯 자신의 빈 잔에 술을
채워 입가로 가져갔다.

[주군. 과연 예상대로 놀랄까요?]

[물론, 안 놀라면 그게 더 이상하지. 남에게 기댈 생

각밖에 못하는 놈은 그 희망이 깨졌을 때 더 좌절하는 법이야. 게다가 이걸로 단순히 조력자 하나를 잃는 게 아니잖아. 그 조력자와 함께 누릴 든든한 배경도 사라지는 것이니.]

[후후. 전에 제가 조금 뭐라고 그랬다고 이젠 머리가 비상하게 잘 돌아가십니다.]

[아니, 난 원래 머리가 잘 돌아갔어. 다만 그보다 주먹으로 해결하는 게 더 빨라 그렇게 하지 않았을 뿐.]

[앞으로는 더욱 그러시겠군요. 보아하니 그 일은 주군이 아닌 제 몫이 될 것 같으니.]

[후후. 왜 후회돼?]

[조금.]

막 조금이란 말이 심옥당의 입을 떠나 유장천에게 전해졌을 때였다.

"허어억!"

결코 조금이라 부를 수 없는 큰 경악성이 대전을 휩쓸었다.

"어…… 어……."

그 옆에서 계호림은 더 넋이 나가 붕어처럼 입만 뻥긋대고 있었다.

"어때 마음에 드시오, 마 방주?"

"네…… 네…… 네놈이 감히!"

대전이 무너트릴 것 같은 호통성이 마적세의 입을 통해 터져 나왔다.

하지만 유장천은 더욱 여유로워졌다.

"꽤나 마음에 든 듯하군."

"네놈이 정녕 하늘 무섭고 땅이 두려운지 모르는구나. 감히 처남을…… 또 야수궁을……."

"두려워하지 않느냐고? 아니, 그들이 날 두려워해야지."

바뀐 어투만큼 덩달이 유장천의 기세도 달라졌다.

한순간에 공간 전체를 장악해 가는 그의 기도가 마적세는 물론 계호림까지 거기에 가둬 버렸다.

"……."

덕분에 마적세는 단조양의 수급을 보았을 때보다 더 기겁한 얼굴을 했다.

"네놈의 천하는 평생 야수궁의 그 그늘 아래겠지. 허나 내 천하는 천하 그 자체! 호가호위밖에 할 줄 모르는 여우가 감히 지금 누구에게 이빨을 드러내!"

'드러내!' 란 말에는 이 순간 유장천이 갖고 있는 분노가 고스란히 담겼다.

그래서 의형살인까지는 아니라도 마적세의 내부를 진탕시킬 정도는 충분하고 남았다.

"컥! 쿨럭!"

견디지 못하고 마적세가 피를 토했다. 아니, 빠르게 낯빛이 까맣게 죽어가는 것이 이대로 두면 그토록 사랑하는 처남의 뒤를 늦지 않게 따라잡을 수 있을 것 같았다.

하지만 유장천은 한순간에 그 모든 걸 거둬들였다.

"헉! 헉! 커헉!"

다급하게 숨을 몰아쉬던 마적세가 또다시 많은 양의 선혈을 쏟아냈다.

"약속한 것은 어떻게 되었지?"

"무, 무슨 약속 말이오?"

마적세의 어투가 또다시 달라졌다.

"잊었느냐? 네놈과 나 다시 만나는 날, 보물을 두고 거래하기로 했잖느냐. 자, 이제 그 보물을 받았으니 그에 대한 대가를 치러야지. 내 분명 은 오만 냥이라고 했지?"

"아니, 이건 분명 성의 표시라고……."

"그래. 맞아. 그 목함을 싼 보자기. 그게 바로 내 성의 표시다. 듣자하니 비단의 고향이라 불린다는 소주에서 넘어온 것이라던데. 그 정도면 적어도 은 너다섯 냥은 너끈히 나갈 거다. 알지? 그 정도면 평범한 가정에서는 한 달 식비라는 걸?"

모른다. 아니, 알고 싶지도 않았다.

"그러니 진짜 내용물에 대한 가격을 지불해야지. 여기 있는 옥당이 꽤나 신경 써서 염을 했으니 그 정도면 싼 편이야."

"하지만 분명 그때에는 혈황지보를 거래한다고. 당시 그 일에 건곤무제의 명예까지 걸지 않았소?"

"걸었지."

"허면 이 일로 그분의 명예에 누가된다고 해도 상관치 않다는 것이오?"

"응."

만일 잠시라도 망설이기라도 했으면 마적세는 왠지 조금은 덜 억울하진 않았을까란 생각이 들었다. 분명 그걸 믿고 이 모든 일을 계획한 터라 더 그랬다.

"이봐."

그런 마적세를 유장천이 불렀다.

"······?"

"설마 네놈은 처남의 머리보다 그 천쪼가리가 더 중요하다 생각하는 거냐? 이제껏 그의 도움으로 여기까지 올라왔으면서?"

"그건······."

"좋아. 그리 망설인다면 내 다시 이대로 수급을 들고 돌아가지. 대신 야수궁에는 몸통만 돌아가게 될 거야. 그 후, 그들은 이런 말을 듣겠지. 흑골방주가 처남의 수급 따위는 중하지 않다 여겨 민강 물고기 밥이 되었다고. 어때? 이래도 지금의 거래 여기서 끝내겠느냐?"

'이 씹어먹을 도적 놈이!'

이는 억지로 단조양의 수급을 떠넘기는 것보다 더 치졸한 방법이었다. 마적세는 더는 방법이 없음을 깨달았다.

"알겠소. 내 거래에 응하겠소."

"좋아. 십만 냥 지금 즉시."

"아, 아니! 왜 갑자기 돈을 두 배로 올리는 것이오?"

"허면 십오만 냥 할까? 네놈이 바로 거래에 응하지 않아 이쪽의 소중한 시간이 계속 허비되고 있잖아."

"이 도······."

마음속뿐만 아니라 너무도 화나가 억울해 도적이란 말
이 입 밖으로 튀어나오려 했다.

　그러든 말든 유장천의 입에서는 더는 거절하기 힘든
말이 떨어졌다.

　"소문 들었는지 모르겠지만, 악양에도 너 같은 도적놈
이 있거든. 홍염장이라는 이름의 인간돼지인지 돼지인간
인지 구분이 안 가는."

　"주군. 홍염흑입니다."

　마치 곽당이 심옥당에게 빙의된 듯 바로 틀린 부분을
정정해 주었다.

　"아. 그래 홍염흑. 어쨌든 그 돼지새끼가 어떻게 되었
는지, 소문을 못 들었으면 한 번 알아보도록. 아니면 내
가 더 확실하게 여기서 직접 보여주는 방법도 있고. 아!
그보다 열을 냈더니 십만 냥에 오만 냥을 더 얹고 싶어
지는군."

　"내, 내겠소. 십만 냥 내겠소."

　마적세는 서둘러 품에서 종이를 하나 꺼내 유장천이
보는 앞에서 무언가를 적어 나갔다.

　사천은 물론 다른 성에까지 그 이름을 알리고 있는 은
하전장(銀河錢莊)의 백지전표였다.

그 위에 마적세가 떨리는 손으로 십만 냥이라는 글자를 적어가고 있었다. 그 후, 이 전표가 바로 마적세 본인이 발행한 것이라는 것을 입증하려 직인까지 찍었다.

"여, 여기 있소."

너무도 아까운지 마적세의 손이 차마 전표를 놓지 못했다.

"빨리 놓는 게 좋을 거야. 안 그럼. 네 이 즉시 네 비밀 보고까지 탈탈 털어내는 수가 있으니."

정말 비밀 보고가 있는지 십만 냥의 전표가 잽싸게 유장천 손으로 넘어갔다.

그 후, 유장천은 떠나기 전 마지막으로 십만 냥은 비교가 안 되는 어마어마한 말을 남겼다.

"내 건곤무제의 명예보다 더 확실한 걸 하나 남겨두지. 앞으로 두 번 다시 당문의 영역을 넘보지 마라. 그 말이 내 귀에 들어왔다간 돈이 아닌 진짜 생으로 그 몸에서 고혈을 짜내줄 테니. 여기에는 이 운룡을 걸지."

운룡은 유장천의 물건이면서도 또, 지금은 세상에 없는 북궁적의 신물이었다. 다시 말해 유장천은 사부의 이름을 걸고 이 맹세를 지키겠다는 뜻이었다.

왠지 전과는 비교도 안 되는 압박감이라 마적세는 고

개를 끄덕이지 않을 수 없었다.

"알겠소. 내 두 번 다시 당문의 영역을 넘보지 않겠소."

"좋아. 그리고 하나 더, 그 수급은 빨리 야수궁으로 보내는 게 좋을 거다. 잘하면 머리 없는 몸뚱이가 먼저 그곳에 도착할 수 있으니."

이 말을 끝으로 유장천은 미련없이 대전을 빠져나갔다. 그때까지 이 모든 과정을 말없이 지켜보던 심옥당이 따라붙었다.

아니, 그도 아쉬운지 완전 넋 놓고 있는 둘에게 한마디를 남겼다.

"괜히 야수궁을 통해 뭔가 해보려는 생각 마시오. 직접 겪어봐서 알겠지만, 주군의 뒤끝은 당신들이 생각하는 이상으로 길고 집요하오. 나도 결국 거기에 걸려 수하가 되었으니…… 어느 쪽이 더 무사안일에 도움이 될지 스스로 생각해 보시오."

뒤끝이 길고 집요하다.

당사자가 이 말을 들었다면 뭐라 그랬을지 모르지만, 적어도 마적세와 계호림에게는 꽤나 잊지 못할 한마디로 남게 되었다.

3
도발(挑發)

소문은 꼭 잔잔한 강물에 돌을 던져 넣은 것 같아 한 번 시작되면 그 힘이 다할 때까지 끝없이 퍼져 나간다.

중요한 건 던지는 돌의 크기에 따라 파문의 세기가 달라지듯 소문도 내용에 따라 파급력에 차이를 보였다.

하지만 일단 십패의 일인인 야수궁이 거론되고, 또, 거기에 육십 년 전의 영웅 건곤무제란 넉 자가 더해지자 그 파급력은 걷잡을 수 없었다.

더 놀라운 건 이 둘이 곧 충돌할 거라는 사실이었다.

시작은 건곤무제의 후예로, 그가 공개적으로 야수궁주에게 일대일 비무를 신청했기 때문이다.

사람들은 정말 살다가 이런 일은 처음이라 수군거렸다.

본시 고수들의 싸움은 있는지도 모르게 시작되었다가 끝이 나기 때문이다. 장소, 일시, 승패 모두 철저히 비밀에 붙여진 채 말이다.

"반응이 가히 가을 들판에 불이라도 놓은 듯하네."

"그야 사람들이 제 일만 아니라면 싸움구경과 불구경을 제일로 좋아해 그렇지 않소?"

"허허. 그래도 그게 어찌 동네 파락호들 싸움 같은가? 다름 아닌 십패의 한 사람과 영웅의 후예의 대결일세. 어찌 이를 단순히 싸움구경이 좋아 그런다 할 수 있겠나?"

"그래 봤자 센 놈이 이긴다는 사실에 있어선 별 차이 없소. 그보다 단조양의 시체는 야수궁으로 보냈소?"

"보냈네. 자네가 일을 마치고 돌아오는 그날, 바로 사람을 시켜 보냈네."

"중간에 비밀 엄수가 관건이었을 텐데, 감사하오."

"감사는…… 어차피 모든 게 본가가 원인이 되었지 않은가? 자네야 우릴 도와주려다 그렇게 된 것이고."

"아니오. 내 입장에서도 반드시 했어야 할 일이오. 죽의 자의 영면을 방해하는 놈들은 나로서도 결코 용서할 수 없소."

유장천이 진정 용서할 수 없다는 듯 두 눈에서 진한 안광을 뿜어냈다.

당무독은 왠지 유장천의 이런 모습을 보일 때마다 이런 의문이 들었다.

"자네는 정말 젊은 사람 치고, 아니, 나이를 떠나 진정으로 이번 일을 자네 일처럼 여기는군. 모르는 사람이 본다면 꼭 자네의 친우의 일에 분노한다 여기겠어."

'그야 당연히 내 친구의 일이니 그렇지 않느냐?'

이 말이 입에서 맴돌았지만, 유장천은 그저 한줄기 미소로 대답을 대신했다.

"그보다……."

마치 지금까지의 이야기는 별 이야기가 아니란 듯 당무독의 어투가 진지해졌다.

덩달아 유장천도 거기에 어느 정도 물들지 않을 수 없었다.

"말하시오."

"자네 말일세."

"네."

"혹시……."

정말 말을 꺼내기 힘든 듯 여기까지 말하는 데도 좀 전의 대화를 한 만큼의 시간이 걸렸다.

'도대체 이놈이 뭔 이야기를 하려고 이리 뜸을 들이는 거야? 처음 봤을 때의 그 말 못하는 한 살배기도 아니고.'

하지만 막상 그가 하는 말을 듣고는 왠지 그 심정이 이해가 갔다.

"혹시 자네 성혼을 하였거나, 맘에 둔 정혼자라도 있나?"

'이런…… 결국 이 이야기였나?'

아마 이 순간 당무독이 말하는 여인은 그의 하나뿐인 무남독녀 당정청일 것이다. 꼭 일전에 심옥당의 놀림이 현실이 된 듯 원치 않는 선택의 기로에 놓이게 되었다.

'차라리 이런 면에서는 서문세가가 낫군. 아비가 아닌 오라비라 결코 먼저 이런 말을 해오지 않았으니. 덕분에 나 혼자 이리저리 미친놈처럼 헛물을 켰지만…….'

그래도 결국 아무 일 없었으니, 초항아를 우러러서는 조금 양심이 따가워도 하늘을 우러러서는 한 점 부끄러움이 없었다.

"이보게. 지금 내 이야기 듣고 있나?"

"아…… 잠시 딴생각을 하느라…… 그보다 가주께서
이 이야기를 꺼낸 이유가 혹시……?"

"자네도 알다시피 나에게 혼기가 찬 여식이 있어서일
세."

'음…… 역시나…….'

다른 사람도 아닌 당무독의 딸이었다. 이렇게 되면 그
아비인 그를 앞에 두고 차마 거절의 말을 꺼내기 힘들었
다. 혹 제 딸이 못나 거절하는 것은 아닐까 오해할 수
있기 때문이다.

'결국 팔자에도 없는 성인군자 역할을 해야겠군.'

이보다 빠른 길은 품절남이란 사실을 밝히는 게 더 확
실했지만, 이렇게 되면 결국 이쪽의 비밀을 다 까발려야
했다.

하지만 이건 이거대로 문제였다. 일단 육십 년간 운무
곡에서 아무도 나오지 않았다 알려진 상태였다. 이런 마
당에 대체 여인을 구해 또 성혼을 치를 수 있었을까?

게다가 만일 그 여인이 초향아란 사실이 밝혀지면 굳
이 유장천이 '내가 바로 건곤무제요.' 이러지 않아도 다

들 의심의 눈길을 보내올 것이다.

'그렇게 되면 하나부터 열까지 온통 귀찮은 일투성이
가 되고 말지.'

그래서 일단 최대한 점잖은 태도를 보였다.

"가주."

"말하시게."

"본인은 곡을 나서며 한 가지 결심한 것이 있소. 이십
년 전의 그 일을 해결할 때까지는 결단코 다른 일에는
관심을 두지 않겠다고. 가주라면 지금의 내 마음을 누구
보다 잘 알 것이오. 이 순간 내가 가주의 물음에 답할
수 없는 것은 바로 그 이유 때문이오."

"음……."

당무독이 이해한 듯 침음을 삼켰다.

"그러니 지금의 이야기는 차라리 못 들은 걸로 하겠
소. 그것이 우리 둘 모두에게 최선이라고 생각하오."

하지만 유장천이 모르는 게 한 가지 있었다.

당정청이 당무독을 찾아와 술의 힘을 빌려 제 속을 내
비쳤던 그 일. 유장천과 달리 당무독은 아직 그때의 일
을 너무도 생생히 기억하고 있었다.

"알겠네. 자네의 뜻이 그리 높은데 어찌 내 생각만 할

수 있을까? 자네 말대로 하지."

'그래야지. 천하인들의 손에 죽기 전에 먼저 항아 등살에 말려 죽이지 않으려면 당연히 그래야지.'

"대신 이 부탁만큼은 꼭 들어주게."

'엥?'

"후에 혼인을 하든 안 하든 상관 않을 테니, 하룻밤만이라도 그 아이를 여자로 있게……."

"잠깐!"

결국 참지 못하고 유장천이 손을 뻗어 당무독의 말을 막았다.

"가주. 지금 제정신이오? 지금 가주가 말하는 사람은 다른 사람도 아닌 가주의 친딸이오!"

"알고 있네. 게다가 자네의 걱정과 달리 지금의 내 정신은 그 어느 때보다도 맑고 깨끗하네."

"그런데도 그런 파렴치한 소리를 아무렇지 않게……."

"차라리 자식의 괴로워하는 모습을 보는 것보다 그것이 백배 낫다 여겼기 때문일세!"

당무독의 음성도 마주 높아졌다.

만일 이곳이 용화정이 아니었으면 둘의 언쟁이 당가

이곳저곳까지 퍼져 나갔을지도 몰랐다.

이때만큼은 주변을 시끄럽게 하는 폭포 소리가 너무도 고마웠다.

그나저나 유장천은 이해가 가지 않았다.

'아니, 그녀가 괴로워하다니 왜? 설마 나 때문에?'

몇 번을 스스로에게 묻고, 또, 정말 자신이 그런 일을 저지른 적이 있나 되돌아 봤지만 하늘이든 초항아든 맹세코 절대 그런 적이 없었다.

그 순간 좀 전과는 비교되는 당무독의 힘 빠진 음성이 들렸다.

"다 나 때문일세. 내가 애초 그 아이에게 말도 안 되는 굴레를 지어 결국 그 아이마저 스스로 거기에 빠져들고 만 거지."

"대체 그게 무슨 소리요. 자세히 말해보시오!"

유장천의 이런 윽박지름이 아니더라도 당무독은 이미 말을 하려 했던 것 같았다.

곧 순순히 예전에 당정청을 따로 불러 말도 안 되는 명을 내리던 그때의 일을 들려주었다. 추가로 당가가 지금 처한 현실을 더 덧붙여서.

'아무리 그간 당가가 필요하다면 사람을 납치해서라

도 사위로 삼았다지만…… 그래도 이건…….'

"아마 자네는 잘 이해가 안 갈 걸세. 하지만 이게 또 오래토록 본가에 전해 내려온 전통이기도 하네. 함부로 세를 키울 수 없는 당문이 질적으로라도 그걸 메우려는 악습이긴 해도 말일세."

"허면 만에 하나 그 결과 딸이 태어나면 어떻게 할 것이오? 아니 그게 아니라도 아예 아이가 들어서지 않으면 대체 그 뒷감당은 어떻게 하려 그러오?"

"그래서 내가 사전에 자네의 성혼 여부를 물은 걸세. 그렇게 되면 기회는 한번이 아닌 여러 번이 될 테니."

"하지만 난 결코 당가의 데릴사위가 될 생각이 없소. 이 유씨란 성을 바꿀 생각이 없단 말이오!"

"솔직히 나도 거기까지는 바라지 않네. 다른 누구도 아닌 건곤무제의 후예를 어찌 욕심만으로 데릴사위로 들일 수 있겠는가? 하지만 바로 그 이유 때문이라도 가능하다 생각했네. 최소 본가에서는 그걸 빌미로 자네에게 따질 사람은 없을 테니 말일세."

듣다 보니 이해가 안 가는 것은 아니지만, 그렇다고 함부로 이해할 수 있는 일은 아니었다.

당정청이 사람이 아닌 가축이라면 모를까. 어찌 제 마

음을 무시하는 이런 처사에 따르겠는가?

아니, 뭔가의 계기로 그녀의 심경의 변화가 온 것 같은데 그래도 유장천은 이 모든 걸 납득할 수 없었다. 신경질적으로 자리에서 일어나 위에서 당무독을 내려 보았다.

"내 일전에 어떻게든 옥면귀수의 뜻을 지키려던 가주를 보고 감동해, 부탁이 아니라도 흔쾌히 가주를 도와주려 했었고, 또 일을 여기까지 끌고 왔소. 하지만 아마 앞으로 가주와 난 더는 함께 엮일 일은 없을 것 같소. 대신 내가 벌인 일은 확실히 마무리 지어놓을 테니 그 점은 걱정 마시오."

이 말을 끝으로 유장천이 먼저 용화정을 빠져나갔다.

하지만 당무독은 차마 유장천을 잡지 못했다.

당무독이 아는가 모르겠지만, 진정 딸을 위해 천하를 포기하는 누구와는 확연히 비교되는 모습이었다.

"자고로 남녀의 일에는 함부로 끼어드는 것이 아니라 했던가? 오히려 이 늙은이가 일만 더 복잡하게 키워놓았구나."

좀 전의 유장천의 모습을 놓고 보자면 아마 결코 그의 마음이 돌아설 것 같지 않았다.

"여보. 진정 내가 당신의 뒤를 따를 때가 된 것 같구려. 이젠 도무지 세월의 무게를 감당하기 어렵구려."

힘없이 쏟아진 당무독의 탄식이 폭포 소리에 섞여 허무히 사라졌다.

하지만 어떤 곳에서는 뇌성벽력도 집어삼킬 정도의 거센 노성이 천하를 향해 쏟아지려 하고 있었다.

❖

야수궁(野獸宮).

사천에서도 사천분지와 사천고원으로 구분되는 지형 중 사천고원에 자리 잡고 있었다. 더 정확히는 사천고원의 중심부에 위치한 대설산(大雪山) 자락의 강정(康定) 부근이었다.

통칭 이 근방을 성도가 있는 중부와 구분지어 사천 서부라 불렀다. 물론, 고작 그 앞에 흐르는 대도하(大渡河)를 건너면 바로 중부였지만.

어쨌든 이곳은 따지고 보면 중원보다는 변방인 서장이나 청해와 더 가까워 가뜩이나 다민족이라는 사천에서도 유독 한족을 찾아보기 힘들었다.

당연히 한족 중심의 중부 무림과 사이가 좋을 리가 없었다. 차라리 오히려 변황무림이라는 신강이나 서장 무림 쪽과 더욱 밀접한 관계를 가졌다.

그래선지 유달리 상무적(尚武的)이라는 사천에서도 이곳은 더욱 그런 면이 심했다. 대부분의 갈등을 주로 싸움으로 해결했다.

그중에서도 야수궁은 이름에 야수란 두 글자가 들어간 곳답게 가히 정점이라 불리고 있었다. 괜히 십패의 일인으로 꼽히는 곳이 아니었다.

그런 그들에게 느닷없이 두 개의 큰 사건이 일어났다.

첫 번째는 소문이었다. 어느 날, 갑자기 들불처럼 한 가지 사천을 떠들썩하게 만들고 있었다

건곤무제의 후예와 야수궁주의 대결이라니…….

당장 그 아래 소속한 인물들이 이를 두고 볼 수 없어 난리도 아니었다.

두 번째는 직접 보고 만질 수 있는 현실이었다. 소문보다 한발 늦게 야수궁에 두 가지, 아니, 본래는 하나였던 누군가의 시체가 배달되었다.

제일 먼저 온 것은 평소 야수궁의 위세에 힘입어 중부에서도 슬금슬금 입지를 다져가는 흑골방. 그곳의 방주

가 직접 누군가의 수급이 담긴 목함을 들고 왔다.

놀랍게도 수급의 주인은 야수궁에서도 꽤나 중요한 인물이었다.

뒤이어 수급에 당연히 붙어 있어야 할 몸체가 당문 이름으로 배달되었다.

이 일로 야수궁이 발칵 뒤집어지지 않았다면 거짓말일 것이다.

쾅!

참지 못하고 탁자를 내려친 인물은 키가 크다 못해 꼭 대나무를 연상시키는 노인이었다. 그는 보이는 것과 달리 꽤나 다혈질인 듯 몸을 부들부들 떨기까지 했다.

"흘흘. 왜 그리 흥분부터 하는가? 평소 그 인간과 그리 사이가 좋던 것도 아니면서."

"허나 우리와 함께 거론되던 그 인간이 죽지 않았느냐? 것도 머리 따로 몸 따로 배달되어 올 정도로 비참하게 말이다."

"하긴…… 그 정도면 나라도 너무 억울해 당장 저승문이라도 박차고 나왔겠지."

비쩍 마른 노인과 대거리 하는 이는 반대로 너무 살이

쩌 이목구비 대부분이 살에 파묻힌 노인이었다. 게다가
키까지 작다 보니 꼭 둥근 공이라도 보는 듯했다.

여하튼 생김새나 성격이나 완전 상반되는 두 노인 모
두 한 사람의 죽음으로 이리 떠들고 있었다.

다름 아닌 탈혼마수 단조양. 그들과 더불어 야수궁 내
에서도 삼봉공의 위치에 있는 인물이었다.

참고로 대나무처럼 훌쩍 큰 노인 쪽이 또 다른 봉공인
초열괴(超熱怪) 고죽염(固竹炎)이었고, 공처럼 둥근 노
인이 바로 나머지 한 사람 초한괴(超寒怪) 유원빙(柔圓
氷)이었다. 이 둘은 이십 년 전, 한 가지 일로 크게 싸운
것이 계기가 되어 별호도 지금의 별호로 바꾸고 그 이후
로는 마치 찰떡처럼 붙어 다녔다.

그래서 천하도 각각의 별호보다는 음양쌍괴(陰陽雙
怪)라 함께 부르는 걸 더 좋아했다.

그나저나 고죽염은 이름에 불이 들어간 사람답게 쉬이
사그라지지 않았다.

"그리 말하면서 지금 나 보고 참으란 소리냐? 감히
천하의 야수궁을 이토록 우스운 꼴을 만든 어린놈을!"

"하지만 그 어린놈이 육십 년 전 혈황의 손에서 세상
을 구한 건곤무제의 후예라지 않는가? 그걸 또 거슬러

90

올라가면 무림제일좌를 지낸 검신에게 닿아 있고. 애초 단조양 그 인간이 운좋게 마교의 비학을 취했다지만, 마교가 누구 손에 끝장났는가? 다른 누구도 아닌 검신 무적검제 북궁적에게 아닌가? 근본이 달라, 근본이."

"그래도 제깟 놈이 태어났을 때부터 무공을 읽혀봤자 이십 몇 년 아닌가? 분명 뭔가 이상한 수를 썼을 걸세."

"이거 참. 늘 나 보고 탁한 공기만 먹고 산다고 하더니. 높은 곳의 좋은 공기를 먹고도 그리 머리가 안 돌아가나?"

"뭐?"

"건곤무제가 몇 살 때 혈황의 손에서 세상을 구했다 생각하는가? 고작 스물넷일세. 그런 인간의 후예를 무조건 어리다고만 볼 텐가?"

"으으…… 그럼 어쩌잔 말이야? 이대로 그냥 두고 보자는 것이야? 안 그럼, 천하가 십패의 일인이면서 눈치만 본다고 할 텐데."

"누가 언제 눈치 보자고 했던가? 기다려 보게. 벌써부터 본궁의 어린놈들이 당장 당문으로 쳐들어가 놈은 물론, 당문까지 쑥대밭을 만들자 난리도 아닐세. 굳이 연장자인 우리까지 그 난리통에 섞일 필요는 없지."

"허면 이대로 손 놓고 구경만 하자는 겐가?"

"당장은 별수 있나? 어차피 그 어린놈의 도전을 받은 것은 자네나 내가 아닌 바로 궁주이거늘."

야수궁주 이야기가 나오자 대나무 노인의 기세가 빠르게 잠잠해졌다. 삼봉공이긴 해도 어디까지나 그 위치는 궁주의 아래였다.

"궁주 이야기가 나와서 말인데. 여전히 폐관 수련 중인가? 본래라면 이런 갖잖은 나보다 먼저 궁주가 놈을 갈기갈기 찢어놓는다 난리도 아닐 텐데."

"맞네. 자네 말대로 궁주가 폐관 수련 중이 아니었다면 아랫놈들이 난리 떨 것 없이 바로 이 소란을 잠재웠겠지. 헌데 대체 무슨 무공을 수련하는지 거의 반년이 흘렀는데도 도통 나올 생각을 않는군."

"부궁주는 뭐라나? 놈이야 둘도 없을 궁주의 충견이니 뭔가 아는 것이 있지 않을까?"

"모르겠네. 그 충견까지 멀리하고 하는 폐관 수련이니 말 다한 게지. 단순히 반년 전 벌인 변황 여행이 뭔가 계기가 되었을지 모른단 생각은 있어도."

"정말 그때의 일이 원인이 되었을까? 혹 그 여정 중에 누구에게 패하기라도?"

"그럴지도 모르지. 중원무림이 무시하는 변황이지만 북해빙궁이나 포달랍궁, 소뢰음사 같은 경우는 가히 태산북두라 불리는 소림과 무당과 비견되는 곳이니. 어쩌면 그중 한 곳의 우두머리와 붙었을지도 모르지."

"허참. 이거 이럴 때 왜 궁주까지 저래서…… 그렇다고 천하를 향해 지금 궁주가 폐관 수련 중이라 떠벌릴 수도 없고."

또 다른 누군가도 그게 걱정이 되는지 둘이 머무는 곳을 찾았다.

"고 봉공. 그렇지 않아도 그 일이 걱정되어 두 분과 이야기라도 나눌까 이렇게 찾아왔습니다. 제가 혹 두 분을 방해하는 것은 아니겠지요?"

말소리가 함께 둘이 머무는 음양각(陰陽閣)에 새로운 인물이 모습을 드러냈다.

그전에 이렇듯 주인의 허락도 없이 음양각에 마음대로 들어올 수 있는 존재는 야수궁에서도 오로지 둘뿐이었다. 한 사람은 궁내의 모든 곳을 마음대로 드나들 수 있는 궁주와 또 다른 사람은 그의 오른팔이랄 수 있는 부궁주뿐이었다.

물론, 나타난 이는 한창 폐관 수련 중인 궁주가 아닌

부궁주 사마결(司馬潔)이었다.

하늘의 장난인지 십패에서도 궁이란 호칭을 쓰는 두 곳의 부궁주가 한 사람은 제갈씨를 또 다른 사람은 사마 씨를 쓰고 있었다.

이에 반해 궁주들은 마치 닮은꼴처럼 머리보다는 주먹 을 먼저 쓰기를 좋아하는 단순한 성품의 소유자들이었 다.

참고로 어딘가 문사풍의 제갈명과 달리 사마결은 모사 풍의 기질을 보였다. 하나 이는 사마결의 눈매가 제갈명 에 비해 조금 날카롭게 빛을 발해서 그렇지 큰 차이는 아니었다.

어쨌든 사마결은 등장하기 무섭게 둘의 생각에 획기적 인 전환점을 주었다.

"차륜전으로 갈까 하는데 어떻습니까?"

"차륜전?"

고죽염이 몰라서 묻는 것은 아니었다. 어차피 이대로 두면 그렇게 될 것 같은데 굳이 여기서 이 말을 꺼내는 지 그 저의가 이해가 가지 않아서였다.

"일단 그전에 앉아도 되겠습니까?"

"그렇게 하게. 어차피 계속 세워둘 생각은 없었으니."

유원빙의 말에 사마결이 둘의 맞은편에 앉았다.

그 후, 차도 필요 없는지 바로 본론에 들어갔다.

"아시겠지만 저들은 이미 이쪽의 다음 수까지 읽어가며 먼저 세상에 알리는 길을 택했습니다. 이 상태에서는 한꺼번에 머리수로도 또, 암살도 힘듭니다. 그렇다고 우리가 그런 걸 다 신경 쓸 정도로 마음씨가 좋은 것은 아니지만, 어쨌든 뒷말이 나오게 해서는 궁주께 누가 되겠지요."

"그래서 차륜전인가? 지친 놈이 먼저 이곳에 쳐들어오게 만들려고?"

"역시 유 봉공께서는 금방 제 의도를 알아채시는군요. 하나 여기에는 단순히 놈을 도발하겠다는 의미만 있는 것이 아닙니다. 도발에 도발로 맞서봐야 결국 먼저 당한 이쪽이 손해지 않겠습니까?"

"허면?"

"이쪽도 마주 저쪽에 비무를 신청해야지요. 대신 대상은 그가 아닙니다. 그 주변의 인물이 이번의 목표입니다. 가령 우리의 요구를 묵살하고 단 봉공의 죽음을 수수방관한 당가주라던가, 아니면 요 근래 그와 꼭붙어 다닌다는 심옥당을 대상으로 지목하던가?"

"……!"

여기까지 말을 듣던 유원빙의 눈이 평소의 두 배가 될 정도로 크게 뜨였다. 그래 봤자 일반인들 평범하게 뜨는 정도지만…….

중요한 건 사마결이 노리는 것이 무엇인지 알아챘다는 것이다.

"고립무원을 노린단 뜻인가?"

"예. 앞으로는 누가 되었든 그와 연관되면 그보다 먼저 죽게 될 것이라는…… 그런 경고와 같은 것이지요. 그렇게 되면 그는 싫어도 철저히 혼자가 될 수밖에 없을 것입니다. 과거와 달리 현재에는 혈황이라 부를 만한 존재가 없으니까요."

"허나 알다시피 애초 건곤무제는 무리를 이루지 않았네. 곁에 친구인 사우를 두긴 했어도 솔직히 그 본신의 능력으로 모든 걸 이뤄냈다고 해도 과언이 아닐세."

"맞습니다. 그래도 결국 그가 물리친 건 혈황 하나뿐이지, 혈황이 따르던 잔존 세력까지는 아니었습니다. 그들은 오히려 그의 친우들이랄 수 있는 사우와 당시의 구파일방, 또, 그들에 협조하는 자들의 몫이었습니다. 진실로 혼자서 그 일을 했다면 과연 그가 혈황의 잔존 세력 전부를 없애는 게 빠를까요, 아니면 그전에 지쳐 쓰러지는 게 먼저일까요?"

"음⋯⋯."

확실히 일리가 있는 말이었다. 유원빙은 사마결의 이런 부분은 도저히 인정하지 않을 수 없었다.

그때까지 그저 귀만 쫑긋 세우고 있는 고죽염은 왠지 앞으로도 쉽게 둘의 대화에 끼어들 수 없을 거란 생각을 했다.

"하지만 그래도 유 봉공의 우려처럼 알맹이도 신경 써야겠지요. 다행히 여기에 걸맞는 분이 오늘 폐관 수련을 끝내고 그 모습을 드러내셨습니다."

"설마 궁주께서?"

"예. 그분도 흔쾌히 직접 상대하겠다고 하시더군요. 전부터 건곤무제의 무학이 궁금했다고 하시던데, 이번 기회에 한껏 견식해 보겠다 좋아하셨습니다. 특히 새로 익힌 한 가지 기공을 이번 기회에 시험해 보고 싶다고 하시더군요."

"대체 그 무공이 무엇이기에⋯⋯."

"저도 이름만 들었을 뿐 정확히 어떤 것인지 모르겠습니다. 이름부터가 워낙 생소한 무공이라⋯⋯ 혈령인(血

靈印)이라던데. 혹 두 분은 들어본 적이 있습니까?"

"혈령인? 자네는 들어봤나?"

"아니, 나도 금시초문이네."

오랜만에 대화에 끼어들 기회를 얻었지만 고죽염도 생소하기는 마찬가지였다. 그보다 이토록 단순한 이름이 과연 그만한 능력을 보일까?

본시 무공명은 그 세부적인 특징까지 포함해 위력이 강하면 강할수록 길어지기 마련이었다. 이는 무공을 창시하는 자들의 일종의 고집이었다. 다른 무공과는 무언가 확연한 차이를 자랑하고 싶은……

"뭐, 그래도 궁주께서 그리 자신하신다니 진정 놀라운 위력이 있겠지."

"예. 저도 유 봉공과 같은 생각입니다. 그게 아니라도 궁주는 그 본신 무공만으로도 이미 십패의 한 분으로 꼽히고 있습니다. 아무리 건곤무제의 후예라도 결코 낙관할 수 없는 상대이지요."

"그건 나도 장담하지."

"나도 거기에는 이의가 없네."

고죽염에 이어 유원빙도 인정하고 나섰다.

물론 이들이 이렇게 자신 있어 할 수 있는 것은 야수

궁에 영입되는 과정에서 이미 그걸 한 번 견식해 본 적이 있었기 때문이다.

"자, 두 분도 제 생각에 동의하시는 듯하니 이대로 일을 진행시키겠습니다. 남은 건 이제 저들이 빠르게 무너지던가, 또, 이쪽이 놀랄 무언가를 내놓는 것이겠지요. 그런데 과연 심옥당이 아무리 머리가 비상한 자라 해도 금사궁의 그자처럼 저를 놀라게 할 계책을 내놓을까요? 아니, 그전에 누군가가 될지 모를 도전자를 걱정하는 게 먼저가 되겠지만…… 혹 두 분께서는 흥미가 없습니까?"

"그 말은 꼭 우리 둘 중 한 사람이 그 아해를 상대하란 말로 들리는군요."

"그래 주시면야 저로서도 고마운 일이지요. 아무리 심옥당이 이십팔대명인 중 하나로 여겨진다지만 어찌 두 분의 능력에 비하겠습니까?"

"일부러 그렇게 띄어줄 필요 없네. 자네가 예까지 온 그 하나만으로도 우리 둘 중 한 사람을 이번 일에 끌어들이기 위함 아닌가?"

"역시 유 봉공은 못 당하겠습니다. 허면 어느 분이 나서주시겠습니까?"

"내가 하지. 머리 쓰는 건 몰라도 주먹 쓰는 건 여기 있는 누구보다 나을 테니까."

이 말에 잠시 유원빙이 미간을 찌푸렸지만 굳이 뭐라 입을 열지 않았다.

이로 인해 앞으로의 일은 결정되었다. 저쪽의 도발대로 궁주가 건곤무제의 후예를 상대하고, 고죽염이 그를 따르는 심옥당을 상대하는 걸로 말이다.

'과연 이번에는 어떤 식으로 나를 도발할 것이냐?'

오히려 상대의 또 다른 수가 기대된다는 듯 사마결의 입가에 진한 미소가 피어오르고 있었다.

그 무렵 심옥당은 자신에게 다가오는 누군가의 마수도 모른 채 한 사람을 찾고 있었다.

듣기로 당가주와 대화하던 유장천이 서둘러 용화정을 떠나 당문을 빠져나갔다는 것이다.

덕분에 심옥당은 집 나간 아이를 찾듯 당가타를 돌며 유장천을 찾고 있었다.

"대체 두 분 사이에서 무슨 일이 있었을까요?"

그런데 혼자가 아니었다. 안내자 역할로 당정청이 따라붙었다.

"모르겠소. 낭자께서 당가주에게 듣지 못했다면, 나로서는 더더욱 들을 길이 없기 때문이오."

"하아…… 정말 애들도 아니고. 대체 무슨 일로 싸우고, 또 꽁하니 말을 안 하는지……."

정작 이 모든 게 자신 때문임을 모르는 그녀는 이로 인해 혹 유장천과의 관계가 더욱 어려워질까 그걸 걱정하고 있었다. 둘이 다투기 전부터 큰 산이 그 앞을 가로막고 있는지도 모른 채.

"그보다 낭자, 이곳에 갈 만한 곳이 어디가 있소? 듣기론 절대 나루터로 향한 것 같지 않은데."

"네. 일찌감치 사람이 다닐 만한 곳은 사람을 풀어 알아봤는데 그쪽은 누구도 유 대협을 본 사람이 없다는군요. 그렇다면 결국 인적이 뜸한 당가타 뒤쪽으로 갔다는 것인데, 그 근처에는 독물들이 자주 나와 위험한데 왜 일부러 이곳을 택했는지……."

"뭔가 답답한 마음에 머리라도 식힐 겸 인적이 뜸한 곳을 찾으려던 건 아닐까 싶소. 원체 그리 속이 넓은 분이 아니라, 아량이 그 긴 뒤끝의 반만큼만 되어도 좋으

련만."

그런데 심옥당의 이 말이 꽤나 당정청을 즐겁게 만든 듯했다.

"후후. 그런데 주군을 그렇게 말해도 되요? 그 말대로라면 속은 좁고 뒤끝만 길다는 소리잖아요."

"사실이 그런 걸 어떡하오? 긴 정도가 아니라 될 수 있으면 척을 안 지고 사는 게 현명할 정도요. 나도 그 긴 뒤끝에 걸려 끝내 이렇게 되지 않았소?"

"호호. 그런데 어쩌다 그리된 것이에요?"

"알고 싶소? 꽤나 길어질 수도 있는데."

"상관없어요. 어차피 이제부터 그분을 찾을 때까지는 꽤나 지루한 시간이 될 테니까요."

"좋소. 그럼. 이 모든 일의 시작인 내가 중독된 일부터 이야기해 주겠소."

이렇게 시작된 심옥당의 이야기는 요 며칠 유장천과 함께하며 겪게 된 내용들이다. 물론, 가장 중요한 혈황지보의 이야기는 쏙 뺐다. 아무리 유장천에게 우호적인 당가라도 혈황지보는 뒤를 생각을 없을 정도로 엄청난 물건이기 때문이다.

그래도 이 정도만으로도 당정청에겐 꽤나 흥미로운 이

야기였다. 관심 있는 누군가의 지난날을 안다는 것. 여
자 문제만 아니라면 싫어할 이유가 없지 않겠는가?

❖

'싫다, 싫어. 고작 스물일곱 해밖에 살지 않았는데,
거기에 육십 년 덤터기 썼다고 별 시답잖은 꼴을 다 보
고.'

유장천은 널따란 바위 하나를 골라 거기에 앉아 하늘
을 올려다보았다.

맑았다. 이 순간의 지랄 맞은 속내와 무관하게 눈이
시릴 정도로 푸르름을 자랑했다.

또, 괜히 정신 사납게 돌지 않았다.

이런 이유로 유장천은 늘 곡에 있을 때와 같은 자세를
취했음에도 이곳이 결코 곡이 아님을 실감하고 있었다.

'괜히 나왔나? 차라리 그냥 한평생 곡에서 항아의 달
덩이 같은 얼굴이나 보며 그렇게 아무 걱정 없이 사는
게 더 속편했을까?'

때늦은 후회 비슷한 감정이었다. 하지만 스스로도 잘
알다시피 결국 그 평화 속에서도 고민하다 곡 밖으로 나

온 유장천이었다. 다시 들어간들 또다시 나오지 말란 법
은 없었다.

"젠장!"

유장천은 아예 편히 바위에 몸을 뉘였다.

'적어도 한 놈이라도 살아 있었으면…… 그랬으면 이
보단 좀 더 수월하게 모든 걸 바로잡아갈 수 있었을 텐
데.'

괜히 아닌 척, 후예인 척할 필요도 없었다. 그를 앞세
우고 자신이 뒤에서 그를 돕는다면 지금보다는 훨씬 깔
끔하게 모든 것이 돌아갈 것이다.

'애초 그냥 놀라든 말든 모든 걸 다 까발리고 시작할
걸 그랬나? 시간이 흐를수록 점점 진실은 밝히기 어려워
지니.'

'이제 와 내가 유장천 본인이다.' 그러면 우호적인 서
문세가나 당문마저 미쳤다 그럴지도 몰랐다. 어쨌든 오
해든 뭐든 당사자가 한 번도 그 사실을 정정하지 않으려
했으니 말이다.

그때였다.

스륵. 스르륵.

바람에 실리는 사람의 냄새를 맡았는가?

하나둘 독물들이 유장천이 누워 있는 바위 주변으로 모여들었다.

뱀, 독, 지네, 전갈 등등 한마디로 끔찍스런 놈들뿐이었다.

"여길 가나 저길 가나 당최 사람을 가만히 내버려 두지 않는군."

할 수 없이 유장천은 누워 있던 몸을 일으켰다.

그런데 기척을 느꼈을 때와 달리, 막상 보니 욕지기가 치밀어 오를 정도로 바글바글 몰려 있었다. 한마디로 바위 밑으로 내려갔다간 뼈도 못 추릴 것 같았다.

독의 명가 당문이 왜 이곳에 자리를 잡았는지 대충 이해가 가는 풍경이었다.

다행히 아직은 유장천이 있는 바위 위까지 올라오는 놈들은 없었다. 그래도 여전히 사면초가라는 사실은 달라지지 않았다.

"흠……."

유장천은 잠시 고민하듯 턱을 매만졌다. 그러다 결정했다는 듯 바로 운룡을 뽑아들었다.

"굳이 복잡하게 갈 필요 없지. 간단하게 다 쓸어버리면 그만 아닌가?"

휙!

유장천이 운룡을 예전 모용각들과 싸울 때처럼 허공으로 던졌다.

그 결과 하늘에서 예고도 없이 비가 쏟아져 내리기 시작했다. 닿으면 사지가 젖는 것이 아니라 아예 찢겨 나가는 검기우였다.

콰가가강!

연신 땅이 지진이라도 만난 듯 뒤집히고 터져 나갔다. 당연히 그 아래에 있던 독물들도 거기에 휩쓸려 흔적도 없이 스러지고 있었다.

콰가가강!

계곡을 울리는 요란한 폭음이었다.

막 인가를 벗어나 본격적으로 숲과 계곡으로 이어진 지형으로 들어서려던 심옥당과 당정청에게는 이보다 좋은 신호는 없었다.

"들었어요?"

"들었소. 어딘지 장소는 알겠소?"

"네. 아마 만독곡(萬毒谷) 근처일 거예요. 그런데 왜 하필이면 가장 독물들이 잘 몰려드는 그곳으로 갔는지……."

"아마 그래서 거기가 가장 조용한 것 아니겠소?"

"어쨌든 서둘러요. 만일 늑장부리다 무슨 일이라도 생기면 큰일이잖아요."

마치 그 큰일이 당정청에게 벌어진다는 듯 바로 앞으로 튀어 나갔다.

"이거 농담이 아니라 진짜로 그렇게 될지도 모르겠군."

일전에 유장천을 놀렸던 일을 떠올리며 심옥당도 바로 당정청 뒤를 따랐다.

둘은 당정청의 안내로 예의 만독곡이란 곳으로 향했다.

숲에 들어 몇 개의 계와 한 개의 골짜기를 넘자 바로 폭음이 들린 그곳에 도착할 수 있었다.

"……."

도착하고 나서 둘은 곡내에 벌어진 광경에 아무 말도 하지 못했다.

이곳만 지진이라도 난 듯 지반 대부분이 파이고 뒤집어져 있었다. 마치 씨를 뿌리기 위해 땅을 갈아 놓은 듯 독물들의 사체가 거기에 묻혀 있었다.

횟!

그 순간 유장천이 허공을 날아 둘 사이에 떨어져 내렸다.

"뭐야. 언제 둘이 그런 사이가 된 거야? 설마 남의 눈을 피해 사랑을 속삭이려 예까지 온 거야?"

이 말이 마치 찬물 역할을 했다.

화들짝 놀란 둘이 서둘러 아니라 부정하기 바빴다.

"아닙니다. 사랑은 무슨 저희는 주군을 찾다가 여기까지 온 것입니다."

"맞아요. 전 좋아하는 사람이 따로 있다고요."

다급한 마음에 튀어나온 소리라 당정청은 하지 말아야 할 말까지 하고 말았다.

덕분에 당정청은 두 남자의 의문 어린 시선을 꽤 오랫동안 받아야 했지만, 여기서 당황했다간 오히려 수습하기 어려워 서둘러 말을 돌렸다.

"그보다 유 대협. 괜찮으세요? 이곳은 만독곡이라 불리는 독물들의 천국인데."

사실 땅이 뒤집히고 독물들이 죄다 산산조각 난 것을 본 뒤였다. 그런데도 묻는 것은 그 대상이 다름 아닌 유장천이었기 때문이다.

"별일 없소. 이보다 더한 지옥에서 기어 나온 난데 이쯤이야. 그보다 혹시 여기 있는 독물들 당문에서 기르는 것이오? 그렇다면 내가 괜히 일만……."

"아니에요. 본가에서는 따로 본가 내에 독물들을 기르는 곳이 있어요. 이곳은 말 그대로 자연 상태 그대로 독물들이 살아가는 곳이에요."

"그렇다면 다행이고. 난 워낙 많은 독물들이 튀어나와 혹시나 당문에서 기르는 것은 아닌가 걱정했소. 그보다……."

말끝에 유장천이 심옥당을 바라보았다.

"날 왜 찾아? 뭐 볼일이라도 있어?"

"예. 야수궁에서 사람이 왔다는데 아무래도 주군께서도 알고 계셔야 할 듯해 이렇듯 찾았습니다."

"흠…… 생각보다 빨리 답변이 왔군. 적어도 며칠간은 지랄발광하느라 대화는 무리라 생각했는데."

"아무래도 그자가 바로 움직인 듯합니다. 그자라면 능히 이쪽의 수를 읽어낼 수 있을 테니 말입니다."

"그자가 누군데?"

"쌍뇌수사(雙腦秀士) 사마결. 금사궁의 신기수사 제갈명과 더불어 무림이사(武林二士)로 통하는 자입니다. 더 덧붙이자면 저와 같은 이십팔대명인에 든 자들이지요."

"보아하니 주먹보다는 머리를 신뢰하는 자들 같은데 맞나?"

"예. 저는 그들에 비해서는 솔직히 애들 수준이라 해도 과언이 아닙니다."

"쯧쯧. 그런데 머리싸움을 걸고, 보아하니 꽤 골치 아픈 소식이 왔겠군. 어쨌든 가자고."

"예."

그렇게 둘이 몸을 날리려 할 때 이제껏 둘이 대화하느라 끼어들지 못했던 당정청이 나섰다.

"잠시만요."

"……?"

둘이 동시에 의문을 드러냈다.

"이거 받아 주세요."

느닷없이 당정청이 둘에게 무언가를 내밀었다.

쳐다보니 하얀 자기 옥병 두 개였다.

"옥병 안에 본가 비전의 피독단이 들어 있어요. 혹시나 이쪽으로 왔을까 해서 챙겨왔는데, 그냥 두 분이서 하나씩 갖고 계세요. 절독은 한 시진 정도는 몸에 퍼지는 걸 막아주고, 웬만한 독은 그냥 해독시켜 버리는 영단이니까요."

"난 필요 없소. 봐서 알다시피 애초 독이란 것이 내 근처에 다가오지도 못하오."

"하지만……."

유장천의 일언지하와 같은 거절에 당정청이 실망하는 기색을 보였다.

그래서 심옥당이 서둘러 그녀에게서 옥병 두 개를 다 받았다.

"내가 챙겨두었다 필요하면 주군께 주겠소. 고맙소, 당 소저."

"난 필요 없대도 그러네. 그러지 말고 두 번 다시 중독되어 골골하는 일 없게 네가 다해."

그 후 재고의 여지도 안 주고 유장천이 먼저 당가로 몸을 날렸다.

'주군에게 무슨 심경의 변화라도 있었나? 왜 이리도 차갑게 구는 거지?'

왠지 유장천의 이런 모습이 평소와는 또 달라 심옥당은 이상한 생각이 들었다.

하지만 당정청은 이상한 정도로 끝난 게 아니었다. 눈에 띄게 풀이 죽은 음성으로 떠나잔 말을 꺼내고 있었다.

"가요. 예서 늑장부리다간 또 새로운 독물들에 둘러싸일 수 있어요."

"그럽시다."

당정청이 몸을 날리고 심옥당이 그 뒤를 따랐다.

다행히 이 덕에 당정청은 이 순간 짓고 있는 표정을 심옥당에게 들키지 않을 수 있었다.

안 그랬으면 아마 심옥당에게 이런 말을 들었을지도 몰랐다.

"몹시 괴로워 보이오."

4

계란(鷄卵)

선자불래 내자불선(善者不來 來者不善).

　무가에서는 찾아오는 이들이 대부분 불청객이다 보니
이런 말이 종종 속설처럼 통용되었다.
　역시나 당문도 무가다보니 예외가 없었다.
　애초 찾아온 이가 착한 이가 아니란 것은 잘 알고 있
었다. 당연히 가지고 온 뜻도 좋을 일은 없을 테고.
　문제는 그 정도였다.
　설사 상대가 이런 내용의 소식을 갖고 올 줄은 상당도
못했다.

"이게 지금 무슨 의미요?"

묻는 당무독은 가뜩이나 유장천과의 일로 심기가 좋지 않아 일부러 불편함을 숨기지 않았다. 아니, 더 솔직히는 상대에게 소리라도 지르고 싶었다.

"보이는 그대로요. 우리 쪽이 귀가가 제안하는 비무에 따르는 조건으로 우리 쪽도 귀가에 비무를 신청하는 것이오. 그래서 그중 이승을 먼저 가져가는 쪽의 뜻을 따르자는 소리요. 그렇게 되면 굳이 많은 피를 흘릴 일 없이 이번 일을 해결할 수 있지 않소?"

"만일 이긴 쪽이 진 쪽의 파망을 바라면 어찌하려고 그러시오? 그런 일이 벌어져도 괜찮다 그 소리요?"

"물론, 어찌 괜찮을 수가 있겠소. 다만 그럴 바에는 애초 무엇하러 비무를 제안한 것이오? 차라리 그럴 거면 이런 귀찮은 과정 다 생략하고 바로 문파 대 문파인 전면전을 시작하고 말지."

"이……."

당무독의 얼굴이 순식간에 벌겋게 달아올랐다.

야수궁은 지금 절대 지지 않는 싸움만을 주장하고 있었다.

전면전을 벌여도 야수궁 쪽에 유리하고, 비무를 벌여

116

도 야수궁 쪽에 유리했다.

다름 아닌 저쪽이 제안한 비무 상대가 이 자리의 당문 독과 유장천을 따르는 심옥당, 이 둘이었기 때문이다.

더 기가 막힌 건 저쪽에서 나온다는 상대가 바로 야수궁의 나머지 두 봉공 음양쌍괴였다.

이는 어떻게든 확실히 이승을 챙겨가겠다는 야수궁의 지독한 심보였다.

결국 저들이 요구하는 대로 비무를 벌였다간 아무리 유장천이 야수궁주를 꺾더라도 이쪽은 무조건 그 대가를 치러야만 했다.

당가의 독과 암기는 상대가 방비하는 상태에서는 그 능력이 절반으로 떨어진다.

무음무영(無音無影).

소리도 없고 흔적도 없이 상대의 숨통을 끊는 것이 당문의 비전이기 때문이다.

그렇다면 심옥당은 또 어떤가?

분명 그가 천하이십팔대명인으로 명성을 날리는 것은 맞았다.

하지만 그의 현 위치는 이십팔대명인의 거의 말석에 해당되었다. 아니, 이 정도로도 충분히 무림을 횡행하는

데는 아무런 지장이 없었다.

문제는 음양쌍괴는 야수궁의 봉공으로 십패주의 하나인 야수궁주도 어느 정도 양보해 주는 인물이라는 것이다.

본의 아니게 그중 한 사람이 유장천의 손에 허무하게 목숨을 잃었지만, 그건 어디까지나 유장천이 건곤무제 본인이어서 그렇지 그가 약해서 그런 것이 아니었다.

그간 왜 그토록 당문이 단조양에게 쩔쩔 맸겠는가?

물론, 그가 속한 야수궁 때문에 더욱 그런 면이 있었지만, 늘 와서 안하무인으로 행동하는 그를 어쩌지 못한 건 그만큼 이쪽에 힘으로 누를 만한 자가 없었기 때문이다.

'허허.'

화가 너무 치솟다보니 당무독은 오히려 맥이 빠지는 기분이었다. 마음 같아서야 이런 불쾌함을 가져온 야수궁의 사자를 한 줌 독물로 만들어 버리고 싶었지만 그랬다간 바로 전면전이었다.

그 순간 실내에 새로운 인물이 나타났다.

뒤늦게 야수궁에서 사람이 왔다는 걸 알고 찾아온 유장천이었다. 어디까지나 그는 이 일의 주모자이고, 당사자이기에 당당히 여기에 참석했다.

"짐승 소굴 주제에 어울리지 않게 꽤나 번거로운 방법을 쓰는군."

야수도 아닌 짐승이었다.

바로 야수궁의 특사가 불쾌함을 드러냈다.

"그럼 바로 전면전으로 들어가겠소? 고작해야 계란으로 바위치기 하는 격일 텐데?"

조금 전 이 말로 당무독의 입을 다물게 했기에 특사는 유장천도 다르지 않을 거라 생각했다.

하지만 오판도 이 만한 오판이 없었다.

"치지 뭐. 그 계란 내가 할 테니 대신 너희는 부서지지 않게 바위 역할이나 제대로 해."

"진심이오?"

"일단 그 일에 대한 선전포고로 특사의 목을 자르면 될까? 전장에서는 흔한 일이니, 아니, 내게도 흔한 일인가? 일전에도 한 번 잘라 보내줬으니 말이야."

"……."

말뿐이 아니란 듯 유장천이 기세를 세워 순식간에 특사의 혈색이 달라졌다.

일전에 마적세가 당했던 것처럼 빠르게 얼굴색이 새하얗게 변해갔다. 이대로 두면 그처럼 피를 토할 게 불을 보듯 뻔해 보였다.

하지만 그 일이 벌어지기 직전 유장천이 기세를 거뒀다.

"헉! 헉!"

참으려 했지만, 특사란 자가 거친 숨을 몰아쉬었다.

'이 정도의 기세라니…… 이는…….'

야수궁 내에서도 이 정도의 기세는 결코 흔한 편에 속하지 않았다. 특사로 온 자는 역시나 단조양의 머리를 자른 자답다는 생각을 했다.

"잘 들어."

"……?"

"이쪽의 비무 방식이 마음에 들지 않는다면, 그럼 입맛에 맞게 내 다시 고쳐주지. 어차피 나 또한 별로인 제안이라 차라리 이게 더 좋을 거야. 셋 다 내가 상대하지. 하나씩 덤비든 아니면 다 덤비든 그 선택권은 네놈들에게 주마."

"자, 잠깐!"

듣고 있던 당무독이 더 놀랄 정도로 이는 파격도 너무나 파격적인 제안이었다.

음양쌍괴만 해도 결코 경시할 수 있는 자가 아니었다. 여기에 십패주의 한 사람인 야수궁주라니…….

일대일 방식의 차륜전도 아니, 일대삼의 다자 대결도 결코 해서는 안 되는 일이었다.

하지만 유장천은 조금도 자신의 뜻을 굽히려 하지 않았다. 오히려 더욱더 상대를 압박해 갔다.

"왜, 이 정도도 만족 못하겠는가? 차라리 아예 네놈 말처럼 그냥 계란으로 바위 치기를 할까?"

왠지 불리한 쪽은 유장천임에도 시간이 흐를수록 특사로 온 자의 이마에 송골송골 땀방울이 맺혔다. 모든 게 장난 같지만, 조금 전에 겪었던 일로 결코 장난이라 부를 수 없었다.

그렇다면 이 일에 대한 결정을 특사라도 고작 전령 정도의 위치밖에 안 되는 그가 내릴 수 없었다.

"지, 지금은 답할 수 없소. 대신 빠른 시일 안에 그에 대한 답을 내려주겠소."

"훗. 바위 어쩌고저쩌고 하더니. 실제로는 흙을 뭉쳐 놓은 정도밖에 안 되군. 그래, 그렇게 해. 대신 오늘부터 삼 일. 그때까지 답이 없으면 계란이 어떻게 바위를 깨트리는지 싫어도 똑똑히 알게 될 것이다."

이 말을 끝으로 유장천은 더는 볼일 없다는 듯 밖으로 나가 버렸다.

바람처럼 왔다가 바람처럼 사라져 꼭 환상은 아닌가란 생각이 들었다.

하지만 특사로 온 자는 축축하게 젖은 이마의 감촉으로 무엇보다 현실임을 생생히 느꼈다.

"보, 본인도 이만 가보겠소. 조만간 다른 자가 새로운 답을 가지고 올 것이오."

그는 당무독의 대답도 듣지 않고 휑하니 빈청을 빠져나갔다.

"허허."

당무독은 실소 말고 다른 행동은 할 수 없었다. 누구에게는 피를 말릴 듯한 상황이 또, 누구에는 고작 손바닥 뒤집을 정도밖에 안 되었다.

만에 하나 허세라도 이런 일을 해낸 자라면 이미 평범의 범주는 한참 넘었다 해야 할 것이다.

"어리석구나. 너무도 어리석어. 감히 인간 주제에 용에게 고삐를 채우려 했으니…… 그 분노를 고스란히 뒤집어쓴다 해도 조금의 원망조차 할 수 없구나."

당무독은 이제야 자신의 실수를 뼈저리게 깨달을 수 있었다. 그리곤 두 번 다시 유장천에게 혼사 비슷한 말을 할 수 없음을 가슴 깊이 새기게 되었다.

❖

"주군! 주군!"

심옥당이 멈출 생각을 하지 않은 유장천을 몇 번이고 불렀다.

현재 유장천은 빈청을 벗어나자마자 서둘러 자신이 머물고 있던 거처로 가던 중이었다. 이꼴 저꼴 보기 싫어 이대로 처박혀 잠이라도 한숨 잘 생각이었다.

하지만 심옥당이 너무도 귀찮게 해 결국 걸음을 멈춰 세웠다.

"왜? 아니, 그보다 내 기분 지금 뭐같은 거 안 보여? 자꾸 귀찮게 할래?"

"하지만 주군. 주군이 그럴 빌미를 만들지 않았습니까? 그런 말도 안 되는 조건이라니요? 설마 자살이라도 할 생각입니까?"

"하…… 자살?"

"예!"

심옥당의 대답에는 한 점 망설임도 없었다.

그래선지 유장천은 더더욱 대답해야만 할 것 같았다.

하지만 정작 입에서 나온 말은 질문이었다.

"내 하나만 묻지. 너라면 혈황과 싸우는 일과 지금의 일, 이 둘 중 하나를 택하라면 어느 쪽을 택할 거야?"

"그야 당연히 지금의 일입니다."

심옥당의 대답에 조금의 망실임도 없었다.

"알면 됐어. 나도 같은 생각이니까."

"하지만 그건 승리를 자신해서가 아닙니다. 최소 손이라도 뻗어볼 수 있다 여겨 그런 것입니다."

"그럼 내가 착각했군. 난 승리를 자신해서 한 말이니까."

"주군!"

"귀 안 먹었어. 처음엔 안 그러더니 왜 자꾸 점점 내 마누라처럼 구……."

여기까지 말해 놓고 유장천은 혹 진짜 곧이곧대로 받아들이는 것은 아닌가 슬쩍 심옥당의 변화를 살폈다.

다행히 심옥당은 이 모든 게 단순한 비유라 생각한 듯 크게 받아들이는 것 같지 않았다.

"마누라. 아니, 시어머니 소리 들어도 상관없습니다. 주군은 무모해도 정말 너무 무모합니다. 왜 그렇게 매사 일처리를 배짱으로만 밀어붙입니까?"

"배짱? 실력에서 나오는 자신감이 아니고?"

"그야 주군은 건곤무제 그분의 후예지, 결코 본인이 아니지 않습니까?"

"만일 그 본인이라면……."

"예?"

바로 심옥당의 눈이 퉁방울만해졌다.

"생각해 봐. 이름도 같고. 또, 무공도 같고, 심지어 거기다 매순간 그에 대해 안 좋은 소리만 해대고 있는 내가, 만에 하나라도 반로환동한 그와 동일 인물일 거라는 생각은 안 해봤어?"

"예."

놀랐을 때에 비해서는 너무도 담담해 싱거울 정도의 대답이었다.

"왜? 만에 하나 정도는 그렇게 생각할 수 있잖아."

"그거야 그분은 천하가 기억하는 영웅이고, 주군은 천하가 앞으로 속 좁고 뒤끝만 긴 대책 없는 악당으로 기억할 테니까요."

"……."

충언치고는 왠지 듣는 이의 가슴을 사정없이 후벼 파는 말이었다. 아프다 못해 유장천은 처음으로 악당이 되기로 결심했던 그 일이 살짝 후회되었다.

"거기다 반로환동은 비록 육신의 젊음은 찾아도 정신까지는 아닙니다. 어찌 지금의 주군 모습을 보고, 그 긴 세월을 살아온 반로환동한 고수라 여기겠습니까?"

"……."

좀 전의 말에 이어 설득력 면에 있어서는 천하의 유장천도 어쩔 수 없었다.

평소처럼 우길 말도 떠오르지 않았다. 그저 앞으로는 백날 '내가 바로 유장천 본인이오.' 라고 떠들고 다녀도 누구 한 사람 믿어줄 것 같지 않다는 생각뿐이다.

충성을 맹세한 수하마저 이럴진대 과연 누가 믿어줄까?

물론 초항아는 제외였다.

'슬프네.'

처음에는 살아보지도 못한 육십 년의 세월을 자신에게 덧대기 싫어 그랬는데, 이젠 영락없이 없는 세월로 여겨야 할 것 같았다.

하지만 아무리 현실이 이렇더라도 육십 년 전의 유장천과 지금의 유장천이 결코 다른 인물은 될 수 없었다.

"좋아. 어차피 이건 지금 별 중요한 이야기가 아니니까 넘어가고. 대신 앞으로 날 따르려면 이것 하나만 명심해 둬. 날 믿지 못하겠다면 너와 나의 이런 관계도 끝이야. 두 번 말 안 해. 처음이자 마지막 경고야."

유장천은 더는 어떤 말도 듣지 않겠다는 듯 말과 몸 전부로 확고한 의지를 보였다.

그 결과 심옥당은 침묵할 수밖에 없었다. 믿지 못하겠다면, 주종 관계 또한 끝이란 말에 더는 어쩔 수 없던 것이다.

"주군……."

대신 안타까운 듯 멀어지는 유장천을 불렀다. 자신이 보인 이 모든 행동들이 오로지 충심 하나에서 되어 비롯되었다는 그 진심을 전하려…….

❖

"……당당히 계란으로 바위를 깨트리겠다고 했습니다."

길 것 같던 수하의 보고에 야수궁의 부궁주와 두 봉공은 잠시 어이없단 식의 표정을 지었다.

현재까지 열심히 보고하던 자가 다름 아닌 특사차 당문을 방문했던 그자였기 때문이다.

"허허."

불같이 성질을 낼 것 같던 고죽염이 오히려 허탈하단

듯 웃었다.

그가 이럴진대 나머지 둘은 어떻겠는가?

누가 먼저랄 것도 없이 둘 다 고개를 절레절레 내저었다.

흘러가는 세월만큼 겉모습만 변하는 것이 아니다. 당연히 그 내실도 거기에 따라 바뀌기 마련이다.

이런 이유에서 현 무림이 육십 년 전의 무림과 같을 수 없었다. 무공도, 사람도, 그때 비해서는 여러모로 발전된 상태였다.

"자만인가? 아니면 자신감인가? 아니면 현 무림을 몰라도 너무도 모르는 것인가?"

유원빙의 말이었다.

일전에 유장천은 명문가들의 자제들과 대결을 벌일 때, 일야와 십패를 능력이 없어 열한 명이 나눠먹는다 비웃은 적이 있었다.

하지만 현재를 살아가는 자들은 어느 누구도 그렇게 생각지 않았다.

인간이나 쇠나 시련 속에 점점 더 강해진다고, 혈황이 가져온 어마어마한 혈란이 살아남은 자들을 더욱 강하게 단련시키는 역할을 했다.

게다가 그들은 전후 뒤처리를 하며 두 번 다시 같은

일을 겪지 않겠다는 피 토하는 다짐을 하기도 했다.

그런 틈바구니에서 육십 년이란 세월이 흐른 것이다.

사람들의 각오도 달랐고, 능력도 달랐다.

"유 봉공."

가만히 뭔가를 생각하던 사마결이 입을 열었다.

"말하시게."

"아무래도 꽤나 골치 아픈 상대를 만난 것 같습니다. 이처럼 말이 안 통하니. 앞으로 이쪽에서 뭘 하던 그저 자신이 두려워 잔꾀만 부린다고 생각할 것입니다."

"그렇겠지. 애초 무림의 율법이란 것이 강자지존이니."

"게다가 상황이 더 안 좋은 것은 그자가 다른 누구도 아닌 건곤무제의 후예라는 사실입니다. 세월 속에 지난 악몽이 전설로 승화되며 건곤무제라는 존재도 덩달아 사람들에게 우상화되었습니다. 실제보다 더 크게 생각하게 되었다는 뜻이지요."

"서론이 긴데, 그래서 하고자 하는 말이 무엇인가?"

"제 말은 만약 그를 잘못 건들이면 천하의 의지가 꽤나 엉뚱한 방향으로 흐를 수도 있다는 것입니다. 일전에 금사궁주가 천하를 향해 그와는 같은 하늘을 이고 살 수 없다 선포하는 사건이 발생했었습니다. 그런데 반응이 어땠습니까? 다른 누구도 아닌 십패주의 한 사람이 선포를 했음에도 설마 진짜로 그렇게 할까라는 반응이 우세했습니다. 그러니 사람들 사이에서도 영웅의 후예가 그의 딸을 건드렸다는 웃지 못할 소리도 나오게 된 것이고."

"그랬지. 그래도 아직 서론이 기네."

"그럼. 본론입니다. 제 생각은 이렇습니다. 이번 일을 어떻게 풀어가느냐에 따라 일야가 직접적으로 나설 수도 있다고 봅니다."

"……!"

유원빙뿐만 아니라 고죽염도 흠칫하는 반응을 보였다.

일야 사해존야 모용백!

두 말이 필요 없는 이 시대 최고의 명사였다. 힘에서든 성품에서든 천하는 그에게 꽤나 많은 것을 양보하고 있었다.

"그는 무엇보다 무림의 평화를 우선시하는 자입니다. 그렇다고 작은 일에까지 시시콜콜하게 나서진 않지만, 이 정도의 일이라면 그가 충분히 개입할 수도 있습니다. 그러니 그의 괜한 개입을 막기 위해서라도 최대한 모양새 좋게 마무리를 지어야 합니다."

"하지만 아무리 그렇다고 우리 둘과 궁주가 그놈을 상

130

대할 순 없지 않는가? 아무리 영웅의 후예라도 아직 서른도 안 된 애송이를."

"예. 불행히도 이 일로 본궁의 위세가 많이 퇴색되겠지만, 적어도 제삼자의 개입은 막을 수 있습니다. 더불어 놈에게 제 꾀에 제가 당하는 게 어떤 것인지 확실히 보여줄 수 있습니다. 본궁 전체를 움직이는 것보다는 그래도 그것이 더 모양새가 낫지 않겠습니까?"

"허허."

이번에는 유원빙이 기가 막혀 헛웃음을 흘렸다.

이거야말로 계란의 도발에 바위 먼저 제발 저는 격이었다. 대체 건곤무제의 후예가 다 뭐라고. 왜 자신이 이런 일을 당해야 한단 말인가?

"마지막으로 두 분은 천하가 모르는 그것으로 그를 상대해 주십시오."

"……."

한순간에 음양쌍괴 모두의 얼굴이 딱딱하게 굳었다.

천하가 모르는 그것. 이는 바로…….

❖

사천이 또다시 술렁였다.

요사이 야수궁과 당문, 아니, 정확히는 그 뒤에 있는 건곤무제의 일로도 꽤나 시끄러웠는데, 또 한 번 그걸 뒤집는 일이 벌어졌다.

이번에는 소문의 근원지가 야수궁으로 밝혀졌다.

그들이 듣는 사람 모두 입이 쩍 벌어질 선포를 했다.

대결 방식을 건곤무제 후예의 뜻에 따라 그와 야수궁의 두 봉공, 또 궁주가 상대하는 걸로 바꾼다. 이는 지난날 세상을 구한 건곤무제를 기리는 차원에서 당사자의 뜻을 존중하는 것이니 괜한 억측을 하지 않기를 바란다.

결국 말이 좋아 건곤무제의 뜻을 기리는 것이지, 이는 머릿수로 확실히 찍어 내리겠다는 수작이었다.

그런데 이런 의도가 다름 아닌 십패의 한 곳에서 나왔다.

이를 두고 사람들은 야수궁에 사는 꾀 많은 여우의 농간이라고 했다. 그가 아니면 야수궁의 어느 누구도 이런 수를 쓰지 않기에 다른 이유를 떠올릴 수 없었다.

한 사람도 그래서 아무 생각도 떠올리지 못했다.

"이런 미친……."

"왜 그러십니까? 언제는 같은 하늘을 이고 살 수 없다고 그러시더니, 막상 존경하던 분의 후예가 위험에 빠지자 후회의 감정이라도 들었습니까?"

"후회는 무슨 얼어 죽을 후회! 이런 건방진 놈은 이번 기회에 세상이 얼마나 무서운지 확실히 느껴야 해!"

"그러다 느끼기도 전에 죽을 수도 있습니다."

"……."

죽는다는 말에 금사궁주 종리패가 잠시 뭐라 입을 열지 못했다.

둘은 늘 주로 시간을 보내는 영웅루가 아닌 종리패의 집무실에 있었다.

정말 지난날의 호언대로 종리패는 더는 제갈명과 바둑을 두지 않았다.

그 결과 이처럼 대화를 나누는 곳이 본래의 역할에 맞게 금사궁주의 집무실로 바뀌었다.

어쨌든 제갈명은 이 순간 종리패의 침묵에 지난날 그가 거부했던 한 가지 일의 가능성이 아직도 살아 있음을 느낄 수 있었다.

그렇다고 지금 바로 그 일을 꺼낼 생각은 없었다. 마

음이 흔들리긴 했지만, 이 정도로는 아직 종리패의 의지가 꺾일 리가 없었다.

"사마결다운 방법이군요."

말끝에 제갈명이 미리 준비된 차를 홀짝 마셨다. 그런 후에야 뒷말을 이었다.

"조금 손해를 보더라도 어떻게든 확실한 승리를 따내려는 그만의 치졸한 수법. 저라면 이보다는 좀 더 고상한 방법을 찾았을 텐데."

"그보다 왜 이런 이야기를 나를 찾아와 하는가? 내 이미 일전에 그 놈과는 한 하늘을 이고 살지 않겠다고 선포했거늘."

"그냥…… 늘 저 보고 정보를 혼자 다 움켜쥐고 내놓지 않는다고 해서 이렇듯 직접 전해주려 온 것 아닙니까? 그덕에 차도 한잔 얻어 마시고."

"괜히 그날 내가 자네의 제안을 묵살했다고 염장을 지르려는 것은 아니고?"

"이상하군요. 왜 이 일로 형님께서 제가 염장을 지른다고 생각하실까요? 좀 전에도 자신의 입으로 놈과는 한 하늘을 이고 살 수 없다고 했으면서."

"그야 그놈이 감히 내 딸을 건드려 놓고……."

"쯧쯧. 오해가 아닌 천하가 진짜 그렇게 생각하게 만들려는 것입니까? 건드리다니…… 그냥 작은 다툼이었습니다."

"어흠. 어쨌든! 내 손에 끝장나야 할 놈이 괜히 애먼 곳에 가서 끝장나겠다고 하니 열불이 나서 그러는 것 아닌가?"

"진정 그게 전부입니까?"

"물론이지. 얼굴 한 번 보지 못한 놈을 내가 왜 걱정을 하겠는가?"

"그래도 그 얼굴 한 번 보지 못하는 덕에 이제야말로 금사궁의 위세가 호남 전체에 다 미치게 되었습니다. 전에는 홍염흑으로 인해 악양 부근은 손을 대지 않았는데, 이제는 거기도 우리의 세력권입니다."

"고작 악양 정도를 가지고 덕은 무슨……."

종리패의 투덜거림에 이제와 달리 제갈명의 얼굴이 진지해졌다.

"그보다 혜아의 말대로라면 그는 앞으로도 계속 천하를 삼키기 위해 이런 일을 벌일 것입니다. 그렇게 되면 야수궁이 아니라 일야도 움직일 테고, 그렇게 되면 천하가 모두 그를 죽이려 할 것입니다."

"아! 그러고 보니 잊고 있었군. 그 건방진 놈이 감히 날 보고 능력이 일천해 천하를 열이서 나눠 먹는다고 했지?"

"어찌 그 일에는 그다지 크게 화를 내지 않으시군요."

"뭐 사실 틀린 말도 아니지. 어쨌든 결과적으로 열한 명이 나눠먹고 있는 것이 많긴 하니."

정작 화를 낼 부분에서는 화를 내지 않자 제갈명이 고 개를 내저었다.

"그나저나 자네 걱정과 달리 그 어른은 그리 쉽게 움 직이지 않을 걸세. 아마 천하가 당장에라도 끝날 대사건 이 목전에 다다르지 않고선 계속 모른 척할 걸세."

"어찌 그리 장담하십니까? 일야가 늘 주장해 왔던 것 은 무림의 평화입니다."

"평화지. 헌데 내 느낌상 그 어른이 바라는 평화는 쥐 죽은 듯한 평화가 아니야. 생생히 활기차게 살아가는 평 화지."

"하지만 이번 일에는 우리와 같은 십패의 한 곳이 연 관되어 있습니다."

"그래도 마찬가지야. 십패 전부가 움직이면 모를까? 한두 군데 정도로는 눈썹 하나 꿈쩍 안 할 걸세."

"어찌 그리 확신하십니까? 마치 그분의 속이라도 들

여다본 듯 말씀하시는군요."

"아니, 들여다본 적은 없어도 내가 소싯적에 꽤나 크
게 그 어른께 당한 적이 있거든. 물론, 지금 다시 붙으
면 결코 같은 일이 반복되지 않겠지만…… 여하튼 그날
그 어르신이 내게 뭐라고 했는지 아는가?"

제갈명은 바로 대답하지 못했다. 어차피 알지도 못하
고, 이 말 자체를 이제껏 같이 지내오며 처음 들었기 때
문이다.

어차피 종리패도 대답을 원한 것은 아닌지 순순히 말
해주었다.

"그날 패해 쓰러진 내게 이런 말을 해주더군."

"아이야. 천하가 바위라면 그 천하를 살아가는 우리는
계란이라 할 수 있다. 생각해 보거라. 너는 계란으로 바
위를 깰 수 있다고 보느냐? 나는 그래서 누구보다 무림
이 평화롭기를 바라는 것이다. 언제나 상처 입고 다치는
것은 천하가 아닌, 바로 그 천하를 살아가는 우리들이니
까. 허나 그렇다고 미리 겁먹고 포기하진 마려무나. 그
런 생각마저 사라지면 우린 그저 바위 속에 갇힌 닭 신
세밖에 못되니까. 허허허."

이 순간 제갈명은 뭔가를 알 듯하면서도 또 모를 것 같기도 했다. 아니, 적어도 한 가지 예감은 확실히 받았다.

그도 결국 계란으로 바위를 깨트릴 생각을 가지고 있는 한 사람이란 걸.

하지만 제갈명은 이 이야기는 지금 꺼내지 않았다. 어디까지나 예감이었고, 더군다나 제갈명 혼자만의 예감이었기 때문이다.

"그래서 웬만해서는 움직이지 않을 걸세. 나처럼 먼저 그 어른께 덤벼들지 않는 이상, 아니, 그 천둥벌거숭이가 계란으로 바위를 깨트릴 수 있단 확신이 들지 않는 이상, 그때까지는 함부로 호림장을 떠나지 않을 걸세."

종리패의 거의 확신에 가까운 말이 떨어졌다.

그래서 제갈명도 더는 이에 대해 뭐라 입을 열지 않았다. 아니, 그보다는 과연 일야의 진짜 의중은 무엇일까라는 생각을 하게 되었다.

덕분에 맨 처음 이 둘의 관심을 끌었던 유장천의 존재는 점점 멀어져 가고 있었다.

5

대연검(大然劍)

사천의 관심이, 아니, 뒤늦게 천하의 관심이 모두 야
수궁과 유장천의 대결로 쏠렸다.

한 사람도 아닌 혼자서 셋을 상대하는 비무이기에 관
심이 없을 수 없었다. 더군다나 그 셋 중 하나가 십패주
인 야수궁주였다.

가까운 자는 몰라도 멀리 있는 자들은 땅을 치고 통곡
할 대사건이었다.

뭐, 가까이 있어도 땅을 치고 통곡하는 자가 없는 것
은 아니었다.

유장천과 심옥당이 당문을 떠나 한창 모종의 장소로

향하는 이때.

심옥당의 얼굴은 거짓말 조금 보태 당과라도 빼앗긴 아이처럼 심통스러워 보였다.

그래서 유장천이 그 부분을 걸고넘어졌다.

"다시 돌려줄까?"

"뭘 말입니까?"

"혈황지보."

"됐습니다. 한 번 준 거 다시 돌려받을 정도로 그렇게 치사한 인생 살지 않았습니다."

"그럼. 뭐가 그리 불만이야? 이기면 되잖아. 단조양 그놈의 목을 잘랐듯 다른 놈들도 그렇게 만들면 간단하잖아."

"말은 간단하지요. 하지만 음양쌍괴를 넘어 야수궁주와 격돌하는 지금의 일을 어찌 그때 일과 비교할 수 있습니까? 일단 음양쌍괴는 주군의 손에 끝장 난 단조양보다도 반 수 이상 앞선다 여겨지는 고수입니다."

"그럼 별일 아니네. 그때보다 조금 더 힘을 쓰면 끝날 일이니까. 설마 너는 지금 내가 그때 전력을 다했다고 생각하는 거야?"

"아니, 그렇지는 않습니다. 적어도 주군은 특기인 검

을 쓰지 않았으니까요. 분명 검을 쓰면 그때보다는 손쉽게 이길 수 있으리라 봅니다."

"잘 아네. 그럼 뭐가 걱정이야?"

"만에 한 가지의 가능성 때문입니다."

"만에 하나?"

"예. 주군도 한 번 생각해 보십시오. 이십 년이란 기간 동안 마치 누군가와 부부처럼 붙어 다녔습니다. 허면 그 둘의 관계가 어떻게 될 것 같습니까? 말도 필요 없이 눈짓 하나, 아니, 그 눈짓을 하기도 전에 미리 상대의 마음을 알게 되지 않겠습니까?"

"하지만 사내놈과 이십 년이나 부부처럼 붙어 다녔다면 그전에 둘의 정신 상태부터 먼저……."

"주군! 제발 좀 진지해지십시오!"

끝내 심옥당이 참다못해 울화통을 터트렸다.

덕분에 둘은 길가는 행인들의 괜한 눈총을 사야 했다. 하지만 그 눈총 때문에라도 유장천은 이 순간 심옥당의 무례를 두고볼 수밖에 없었다.

'으득! 그래. 내 짐승놈들과의 문제가 해결될 때까지만 참는다. 그 후에는 왜 대머리와 애꾸가 내 눈빛 하나에도 설설 기는지 확실히 각인시켜 주마.'

어쨌든 유장천이 더는 말이 없자 심옥당은 충심이란 이름의 울화통을 계속 쏟아냈다.

"무조건 제 말대로 해주지 않으셔도 좋습니다. 대신 제발 말이라도 좀 진지하게 들어주십시오. 조금 전 제가 꺼낸 두 사람의 이야기는 이번 싸움에 있어 무엇보다 중요한 요소입니다. 어쩌면 야수궁주의 일보다 저는 그들의 일이 더 걱정스럽습니다."

"쩝. 그래서 대체 그 걱정된다는 부분이 뭔데?"

"다름 아닌 둘이 일대일이 아닌 합공을 택했을 때입니다. 아마 단순히 둘을 한꺼번에 상대하는 일로 끝나지 않을 것입니다. 그들이 이십 년 동안 괜히 붙어 다닌 게 아니라면, 일전에 제가 지적한 대로 말도 눈빛도 필요 없는 놀라운 합격술을 익혔을 것입니다."

이번만큼은 확실히 유장천도 진지하게 듣는 자세를 취했다.

단조양만 한 고수 둘이 펼치는 합격술.

이는 단순히 하나 더하기 하나가 둘이 되는 이치가 아니었다. 합격술 자체가 둘 이상의 무언가를 요구하는 것이므로, 적어도 셋 더하면 열 배의 능력을 낼 수 있는 것이 바로 합격술이었다.

더군다나 합격술은 다수가 진을 꾸려 적을 상대하는 것과는 또 달랐다.

진은 사람이 늘어나면 늘어날수록 그 효율적인 통제를 위해 운용하는 자의 능력이 중요했다.

하지만 합격술은 달랐다. 이는 굳이 운용할 필요도 없었다. 어차피 상대가 무엇을 할지 다 알고 있는데 주, 부가 뭐가 필요하겠는가?

일례로 쌍둥이들이 합격술에 능한 것은 그들이 날 때부터 서로의 심령이 통해 있기 때문이다.

대신 안 그런 자들도 오랜 시간 함께하며 그런 능력을 얻기도 했다.

이 순간 심옥당이 지적하는 게 바로 그 부분이었다.

'확실히 일리가 있는 말이다. 이십 년이나 부부처럼 붙어 다녔다면 진짜 부부가 되었다 해도 이상할 일도 아니니.'

이 점은 초항아와 삼 년간 지내면서 유장천도 직접 느끼고 경험했다.

이 말대로라면 정말 심옥당의 걱정대로 야수궁주와의 일대일보다 이를 더 걱정해야만 했다.

"확실히 없는 것보다는 나아."

"예?"

유장천의 갑작스런 말에 심옥당의 무슨 말이냐는 반응을 보였다.

"아니야. 그보다 놈들은 정말 여러모로 사람 귀찮게 하는군. 겉으로는 이달 말에 대결하자더니, 일부러 따로 사람을 보내 그전에 끝내자고 하니."

"그야 그러고 싶겠지요. 이기면 상관없겠지만, 현 상황에서 만약 패하기라도 하면 꽤나 천하인들에게 비웃음을 살 테니까요."

"훗! 그렇다고 그 패배가 씻기나? 어차피 시간이 지나면 다 소문이 돌게 될 텐데."

"아무래도 그것 때문에라도 따로 장소를 정하는 것 같습니다. 최소 승부와 상관없이 남의 눈을 피해 살인멸구를 할 수 있으니까요."

"하하! 웃기는군. 겉으로는 아닌 척, 속으로는 뒤로 호박씨를 까겠다? 정말 그 말대로라면 야수궁이란 이름에 걸맞게 생각하는 수준도 죄다 너구리야. 하지만 안 그럴 거야. 놈들이 제시한 대결 장소를 보면 알잖아?"

"그래도 만에 하나라는 것이 있지 않습니까? 정말 당문을 끌어들이지 않은 일 후회하지 않겠습니까? 적어도 그들이라도 함께 있으면 놈들도 쉽게 암수를 쓰지 못할 텐데요. 야수궁의 저력엔 못 미쳐도 당문은 독술과 암기술은 결코 무시할 수 있는 게 아닙니다."

"알아. 그걸 몰라서 그러는 게 아니야. 하지만 아무리 여기까지 자존심을 버린 놈들이라도 명색이 십패의 한 곳 아니야? 안 그럴 거야. 애초 그럴 생각이라면 지들 좋아하는 전면전을 택하겠지. 또, 이와는 별도로 그냥 당문과의 관계는 이쯤에서 끝내는 게 좋아서 그래. 너무 깊어지면 오히려 이쪽이 귀찮아져."

"설마 당 소저 때문입니까?"

"왜, 왜 또 거기서 당소저가 튀어나오는 거야?"

"그야 뻔하지요. 아무리 생각해도 주군이 껄끄러워할 부분은 그녀 말고는 떠오르지 않으니까요."

"쓸데없는 소리. 내가 껄끄러워하는 것은 그들이 너무 내게 기댈까 봐 그러는 거야. 어차피 무림은 남이 대신 서줄 수 있는 곳이 아니잖아."

"틀린 말은 아니지만, 그렇다고 새벽부터 도둑고양이처럼 빠져나올 이유는 되지 않지요. 마치 꼭 그녀가 깨면 어떡할까 전전긍긍하는……."

"거기까지. 그 이후부터는 주군 희롱죄가 뭔지 확실히

교육시켜 주지."

"쩝. 예. 주군이 그러면 그런 줄 알아야지요. 힘이 없는 수하가 뭔 재주가 있겠습니까?"

꽤나 여운이 남는 대답이라 유장천은 반드시 날 한 번 잡겠다 다짐을 했으나 정작 꺼낸 말은 조금 달랐다.

"이번 일 솔직히 이렇게 호들갑 떨 일도 아니야. 놈들 딴에 공정성을 기린다고 이번 대결에 아미파를 끌어들였잖아. 설마 아미파가 그 사이 도적 소굴로 바뀌었으면 모를까. 그렇지 않다면 가만두고 보지 않겠지. 설마 가만 안 두고 보더라도 다 쓸어버리면 그만이야."

"에효. 아무래도 주군은 전생에 빗자루였나 봅니다. 매사를 죄다 쓸어버려서 해결하려 드니."

심옥당의 또다시 빈정거렸지만, 더는 유장천도 말하는 심옥당도 더는 거기에 의미를 담지 않았다.

드디어 약속 장소인 아미산이 백 리에 걸쳐 길게 펼쳐져 있었다.

❖

아미천하수(峨眉天下秀).

촉지사절 중 아름다움에 있어서는 으뜸인 아미산(峨眉山)을 달리 부르는 말이다.

사천 중부에 위치해 북쪽으로는 공래산(空峽山)과 닿아 있고, 남쪽으로는 소상(小相), 대량(大凉) 두 산을 끼고 있다. 이 사이 근 백 리에 걸쳐 펼쳐진 높고 험준한 봉우리들의 집합체가 바로 아미산이었다.

또, 아미산의 동쪽으로는 민강(岷江)이, 서쪽으로는 대도하(大度河)가 흐르고 있었다.

오늘은 각기 대도하와 민강을 건넌 두 부류가 아미산, 그중에서 금정봉을 찾았다.

놀라운 건 전혀 반대에서 왔지만 목적지는 동일하다는 것이다.

다름 아닌 천하에 그 명성을 널리 알리는 아미파, 다른 이름으로는 복호사.

혹여 그 명성에라도 도전하는 도전자가 아닌가 할 수 있었지만 아니었다.

이들은 아미파에 한 가지 일과 공증인으로서의 참석을 부탁했다.

본래 사찰이라면 이런 세속적인 갈등에 잘 끼어들진 않지만 아미파는 일반 사찰과는 달랐다. 무림에서 같은 사찰로서 이름을 날리는 소림사와도 또 다른 점이다. 역시나 사천에 위치한 곳답게 이들도 상무정신이 강했다.

이런 모든 것들이 두 부류의 갈등을 해결하는 장소로 아미파를 택하게 된 이유였다.

청객당(淸客堂).

복호사 내에 있는 소림사의 지객당과 비슷한 장소였다. 그중에서 조금 후미에 자리한 곳. 이곳은 나름 복호사에서 중히 여기는 귀빈들만 머물 수 있는 곳이다.

조용하기도 조용하거니와 청객당 내에서도 따로 담장을 둘렀을 정도로 외부와도 단절되었다. 그래서 오늘 이곳을 찾은 귀빈들이 누구인지 아미파의 제자들도 잘 몰랐다.

아는 자들이라곤 복호사의 주지이며 아미파의 장문인 굉문(宏門)과 제자들을 단속하기 굉 자배 몇 명만 알고 있었다.

"아미타불."

상석에 앉아 있던 굉문이 관심을 모을 겸 불호를 외웠다. 비록 눈썹, 수염 모두 희어버린 노승이었지만, 남들의 두 배는 되는 듯한 덩치에서 뿜어지는 위압감이 대단

했다.

이 때문인지 사람들은 그의 불호 소리에 모두 주목하는 자세를 취했다.

"먼저 예까지 오느라 두 곳 시주들 모두 수고하시었소."

현재 굉문을 중심으로 실내에 오른편에는 야수궁의 인물들이 왼편에는 유장천과 심옥당이 자리했다.

야수궁 쪽에서는 유장천보다 많은 넷이 참석했다. 가히 야수궁의 전부라 할 정도로 궁주와 부궁주, 음양쌍괴 모두가 여기에 있었다.

눈에 띄는 건 확실히 야수궁주라 생각되는 자였다. 비록 얼굴의 반을 면사로 가리고 있었지만, 덩치에 있어서는 굉문과 비교해도 조금도 꿀리지 않았다.

물론 기세도 말할 것이 없었다. 가만히 있을 뿐인데도 대전의 공기가 그로 인해 멈춰 버린 듯했다.

의심이 필요 없는 현 야수궁의 궁주 야수권왕(野獸拳王) 철무극(鐵武克)이었다.

인사를 끝으로 굉문이 본론에 들어갔다.

"본 주지가 오늘 두 곳 시주들에게 부탁받은 것은 두 가지요. 대결 장소와 싸움의 공증. 결론부터 말씀드리자면 장소도 이미 정해졌고, 그 장소에는 본 주지도 함께 할 것이오. 대신 여기에 있는 분 외에는 어떤 이도 대결 장소에 들 수 없소. 운선암(雲禪庵)은 운교가 유일한 통로요. 그 외에는 하늘을 나는 재주가 없다면 결코 그곳에 들지 못할 것이오. 그건 후에 직접 확인하면 잘 알 테니 이쯤에서 마무리 짓고. 가장 중요한 대결방식을 어떻게 할 것이오?"

의견을 구하듯 꿍문이 양측을 돌아보았다.

"그건 우리가 먼저 말씀 드리겠소."

기다렸다는 듯 사마결이 나섰다.

"말씀하시오."

"그럼."

말을 받은 사마결이 앞에 있는 유장천과 심옥당을 바라보았다. 하지만 종국에는 거의 유장천에게 머물렀다.

"귀하가 주장한 대로 따를 것이오. 단, 싸움은 두 번만 치르게 될 것이오. 대신 최후에 서 있는 자가 승자가 되는 방식이오."

"……!"

듣고 있던 심옥당의 표정이 확 달라졌다. 역시나 우려한 그대로의 대답이었다. 이렇게 되면 분명 음양쌍괴 중

한 사람이 나서지 않을 테니, 둘 다를 상대해야만 할 것이다.

'역시나 저들은 천하가 모르게 합격술을 익히고 있었어.'

안 그럼 자존심이 센 저들이 한꺼번에 나서지 않았을 것이다.

반면 유장천은 별 문제 아니란 듯 흔쾌히 고개를 끄덕였다.

"좋군. 싸움 길게 해봐야 여러 사람만 피곤해질 테니."

오히려 이로 인해 사마결이 한 번 더 확인 차 물었다.

"정녕 후회하지 않겠소? 생각보다 꽤나 고전할지도 모르오."

"고양이 쥐 생각해 주는군. 정말 그리 걱정된다면 애초 내가 바라던 대로 저기 동상처럼 앉아 있는 자와의 일대일 대결로 가던가."

유장천 말처럼 야수궁주로 보이는 자는 말도 없고, 시종일관 유장천에게 눈길 한 번 주지 않았다. 그래서 얼핏 봐서는 사마결이 궁주처럼 보일 정도였다.

"안타깝게도 그건 안 되겠소. 설마 막상 그리하려니

겁이라도 나는 것이오?"

"말 조심하시오. 주군께서 고작 이런 일로 콧방귀나 뀔 줄 아시오? 당신 쪽 사람 셋이 다 덤벼도 눈 하나 깜짝 안 할 분이 바로 주군이시오."

심옥당이 유장천보다 먼저 분노를 드러내며 나섰다. 그 후, 유장천에게 허락을 구했다.

"주군. 우두머리도 아닌 자를 주군이 직접 상대할 필요가 없습니다. 앞으로는 속하에게 맡겨주십시오."

"그러지. 그렇지 않아도 내심 조금 불쾌했거든. 게다가 입만 산 놈들 상대하는 건 비위에도 안 맞고."

유장천이 허락하자 심옥당이 본격적으로 사마결을 상대했다.

"들으신 대로요. 앞으로는 본인에게 이야기하시오."

"훗. 듣던 것보다 위세가 대단하군. 이십팔대명인의 말석 자리가 그리 대단하던가? 아니면 하루아침에 모시게 된 자기보다 어린 자의 수하 자리가 더 대단하던가?"

"피차일반 아니오? 어차피 귀하나 나나 둘 다 이십팔대명인에 속해 있으면서 누군가의 수하니 말이오."

"틀린 말은 아니군. 허나 적어도 자기보다 어린 사람을 난 주군으로 택하진 않았지."

"적어도 입이 있는지 없는지도 모르는 사람보다는 낫소."

이 말에 갑자기 철무극에게서 숨 막힐 듯한 기운이 심옥당에게 쏟아졌다.

"채신머리 없게 아랫사람의 말다툼에 우두머리란 작자가 나서고. 정말 하나부터 열까지 실망이군."

유장천은 말로만 심옥당을 비호하고 나선 것이 아니다. 그에게 쏟아졌던 기분이 그가 나서면서 한순간에 씻은 듯 사라졌다.

이로 인해 장내에 있던 자들 모두 눈빛이 달라졌다. 그걸 하나로 표현하자면 역시 건곤무제의 후예는 건곤무제의 후예란 반응이었다.

〈생각처럼 애송이는 아닌 것 같군.〉

〈애송이? 흐흐. 잘하면 오늘 제대로 한 번 놀아볼 수 있겠어.〉

〈쯧쯧. 그렇다고 너무 날뛰진 말게. 어차피 우리의 최종 폭표는 저 애송이가 아니니.〉

〈알겠네. 오늘도 바로 그걸 위해 나선 것이 아닌가?〉

〈흐흐흐.〉

중인들이 모르게 유원빙과 고죽염이 대화를 나누었다.

놀라운 건 결코 전음이 아니란 사실이다. 합격술이 최고 경지에 다다른 자들만 할 수 있다는 통령전어(通靈傳語)였다.

어쨌든 유장천 덕에 별다른 불상사는 벌어지지 않았다. 덕분에 심옥당도 더욱 박차를 가할 수 있었다.

"방식은 귀하가 제안한 대로 따르겠소. 대신 조건이 있소."

"조건? 애초 이런 방식은 이쪽이 아닌 그쪽이 주장하지 않았나?"

사마결의 미간이 바로 찌푸려졌다.

"물론 우리가 주장했소. 하지만 언제나 그렇듯 승자에게는 그만한 보상이 따르지 않소. 우리 쪽이 바라는 것은 원래 따라야 할 바로 그 보상이오. 어차피 이 또한 그쪽에서도 흔쾌히 인정한 것이니 문제없지 않소?"

"좋아. 조건이 뭐지?"

"만일 우리가 이기면 그날부로 야수궁을 해체하시오."

"......!"

사마결뿐만 아니라 가만히 듣고 있던 굉문도 놀랍다는 반응을 보였다.

대신 의외로 철무극과 음양쌍괴는 별 다른 반응이 없

었다. 마치 자신들의 승리를 확실시 하는 것 같았다.

물론 사마결도 잠시 놀랐을 뿐, 그 시간이 그리 오래
간 것은 아니다.

"그쪽이 이긴다면 그렇게 하기로 하지. 그럼 이쪽의
조건도 말하지. 우리가 이기면……."

그 다음에 이어진 말은 전음으로 오로지 유장천과 심
옥당만 들었다. 분음여일(分音如一)이란 몇 사람에게 특
정지어 전음을 보내는 수법으로 이것만 봐도 사마결도
그저 입만 산 자는 아니란 걸 알 수 있었다.

[당문의 독강시를 받아가지.]

하지만 그가 보인 능력보다 거기에 담긴 내용에 의미
가 있었다.

이번에는 유장천의 성난 기세가 그대로 사마결에게 그
대로 쏘아져 갔다.

그런데 마치 이럴 줄 알았다는 듯 그 사이에 철무극이
끼어들었다.

결과는 전과 동일.

덕분에 더 화가 난 유장천이 기세를 높이려 했지만 심
옥당의 전음이 빨랐다.

[이기면 됩니다. 굳이 싸움 전에 괜한 일에 헛심 쓰지

마십시오.]

맞는 말이었다. 이기면 된다. 그것도 감히 이런 말을 내뱉은 걸 후회하게 철저하게 박살 내놓으면 그만이다.

유장천은 차라리 안 보는 게 더 속 편해 눈을 감았다. 안 그럼 예전 혈황이 죽었다는 소리를 들었을 때처럼 주체할 수 없는 분노에 휩싸일 것 같았다.

그렇게 되면 사부가 그토록 강조하던 경고도 어기게 될 테고, 유장천 스스로 솔직히 어떤 일이 벌어질지 알지 못해서였다.

그 부분을 심옥당이 좀 더 도왔다. 이야기가 길어져 봤자 더 좋을 것도 없기에 여기서 마무리를 지었다.

"피차 할 이야기는 다 끝났고, 바로 대결에 들어가는 것이 어떻겠소? 장문인 괜찮겠습니까?"

마지막 말은 사마결이 아닌 굉문에게 향했다.

"그렇게 합시다. 어떤 이유로 이 싸움을 피할 수 없을 것 같으니, 대신 빈승이 최대한 공정하게 치러지도록 성심을 다하겠소."

"그럼. 대결 장소까지 안내를 부탁하겠습니다."

"빈승을 따라오시오."

굉문이 먼저 앞장서서 실내를 빠져나갔다.

그 뒤를 야수궁 쪽의 인물 넷과 유장천들이 따랐다.

우연인지 제일 마지막에 나서는 이는 심옥당과 사마결 둘이 되었다.

사마결이 뭐 때문인지 나서기 전, 한마디를 덧붙였다.

"아마 아미산에 오를 때는 마음대로 올랐지만 내려갈 때는 그렇게 안 될 걸세. 승리의 요구 조건은 하나지만, 결과물은 두 개가 될 테니."

"나 또한 같은 말을 해주겠소. 당신은 결코 주군에게 요구하지 말아야 할 걸 요구했소. 왜 그런지는 곧 알게 될 테니 직접 확인해 보시오."

이 말을 끝으로 심옥당도 밖으로 나갔다.

사마결은 잠시 앞서 가는 심옥당의 뒷모습을 바라보았다.

"건방진 놈. 그렇게 건방을 떨 수 있는 것도 싸움이 시작되기 전까지다. 그 이후에는 울며불며 매달려도 넌 내가 직접 숨통을 끊어주마."

바람인지 확신인지 이 말을 끝으로 오늘의 대결 장소가 될 운선암으로 걸음을 옮겼다.

굉문은 일부러 사람들의 눈에 잘 안 띄는 길을 골라

그들을 안내했다.

그렇게 몇 개의 별당과 본당을 지나쳤을까?

풍광이 확 달라져 이쪽과 저쪽을 연결하는 것이 오로지 운교 하나인 곳에 도착했다.

"조심하시오. 낭떠러지가 꽤 깊소."

굳이 굉문의 경고가 아니라도 연신 그 아래를 흐르는 바람 소리만으로도 절로 모골이 송연해졌다. 직접 아래를 보면 간이 작은 자들은 결코 구름다리를 못 건널 정도로 다리 아래로 구름이 흐르고 있었다.

대충 봐도 이곳보다 높은 봉우리가 보이지 않은 것이 가히 아미산 정상에 온 듯했다.

"본시 이곳은 세상과 완전 단절하고 수도에만 전념하기 위해 만들어진 것이오. 때에 따라서는 천연감옥으로도 이용될 정도로 오고 가기 위해서는 오로지 이 운교를 통하는 수밖에 없소."

설사 이를 한번에 건널 수 있는 재주가 있더라도 날개가 없는 이상, 공격을 받으면 아래로 떨어질 수밖에 없는 구조였다.

혹 절벽을 타고 내려가면 되지 않을까 하겠지만, 반대 봉우리는 거의 대들보처럼 매끄럽게 수직으로 깎아 놓은 형상이었다. 가히 손 대신 빨판이 달려 있어도 불가능해 보였다.

"갑시다."

그렇게 굉문의 안내로 사람들이 운교 중간쯤 지났을 때였다.

갑작스런 인기척에 뒤를 놀아보니 굉문과 비슷한 연배의 노승들이 운교를 막아서는 모습이 보였다.

"본사의 사천왕들이오. 저들이 지금부터 입구를 지킬 것이오. 정 안 되면 다리를 끊으라 명해두었으니 싸움이 끝날 때까지는 어떤 방해도 없을 것이오."

아미의 사천왕 소림의 사대금강과 비견되는 자들이었다. 저들이 이곳을 막기로 작정했다면, 이 세상 어떤 이도 다리를 끊는 것보다 먼저 그들을 제압하지 못하리라.

그런데 여기에는 또 한 가지 경고의 의미가 있었다. 누구든 정해진 규칙을 지키지 않는다면, 다리를 끊어 버릴 수도 있다는 무언의 경고.

어찌 보면 아미파에 공증을 맡긴 것이 가장 좋은 선택이면서도 뭔가 꿍꿍이를 가진 자들에게는 최악의 선택이 되는 순간이었다.

운교를 지나 반대쪽으로 넘어오니 운선암이 세워진 공터는 생각보다 넓은 공간을 자랑했다.

사방이 온통 깎아지른 낭떠러지이긴 했지만, 이 정도의 크기라면 웬만해서는 싸우다 떨어지는 사람은 없을 것 같았다.

그 점을 꿩문이 한 번 더 강조했다.

"이곳이라면 앞으로 대결을 하는 데 있어 어떤 어려움도 없을 것이오. 그러니 마음 놓고 후회 없는 싸움을 하시오. 아미타불."

어딘가 후회 없는 싸움이란 말과는 어울리지 않는 불호였지만, 사람들은 누구 하나 그걸 이상하게 여기지 않았다. 이것이 아미파고 또 소림과 구분되는 특징이기도 했기 때문이다.

대신 다른 이야기를 꺼냈다.

"너무도 성심성의껏 이쪽 부탁에 응해 주어 고맙소. 이에 대한 후의는 빠른 시일 안에 반드시 하겠소."

"아미타불. 사마 시주, 평소 왕래가 잦지 않은 귀궁에 그런 걸 바랐으면 애초 이번 일에 응하지도 않았을 것이오. 헌데 그런 사정에도 응하기로 한 건 오로지 한 가지 이유요. 공정성. 정당한 수단보다 흉계와 암수가 더 판

치는 무림의 정의를 바로 세우기 위함이었소. 그것이면
충분하오. 그 이상은 수도자에게 과분이고, 과욕이오."

"장문인께서 그리 말한다면 이 사람도 더는 이야기하
지 않겠소. 부디 오늘의 일, 말한 대로 공정한 결과가
있게 해주시오."

"그 일이라면 걱정 마시오. 빈승이 주지 자리를 놓고
서라도 꼭 그렇게 하겠소."

이 말을 끝으로 굉문은 더는 나서지 않겠다는 듯 뒤로
한 발 빠졌다.

그래서 자연히 대결을 하기로 한 양측만 남게 되었다.

"시작하지. 더 시간을 끌었다간 그때는 비무고 뭐고
네놈들을 죄다 도륙낼 것 같으니 말이야."

유장천은 일전에 사마결이 제시한 요구 조건으로 출곡
후 두 번째로 살기를 주체할 수 없었다. 가히 금적보의
무리들이 장인의 무덤을 훼손하겠다고 설쳤을 때랑 다르
지 않았다.

"궁주. 그럼 첫 싸움은 우리들이 맡겠소."

오늘 이 자리에 참석하고 음양쌍괴, 그중에서도 유원
빙이 처음으로 입을 열었다.

그러자 철무극이 그러라고 고개를 까닥였다. 정말 일

전에 심옥당이 말한 것처럼 그는 이 자리에 참석하고 한 번도 입을 떼지 않았다.

어쨌든 철무극의 허락이 떨어지자 음양쌍괴가 동시에 앞으로 한 발 나섰다. 자연히 나머지들은 그들이 편히 싸울 수 있게 뒤로 빠져 주었다.

유장천 쪽도 유장천이 앞으로 나서자 자연히 심옥당은 뒤로 빠졌다.

"주군. 건승을 빌겠습니다."

"오늘뿐이야."

"예?"

"오늘 이후로는 두 번 다시 그 말을 못 꺼내게 될 거야. 오랜만에 내가 조금 진지해지기로 했거든."

유장천의 진지함. 과연 그런 것이 있을까 싶을 정도로 심옥당은 여태껏 한 번도 그의 진지한 모습을 본 적이 없었다.

'주군의 진지함이라…… 정말 주군 말대로 오늘 이후로 내 진짜 미래가 정해지겠군.'

그래서 심옥당은 더더욱 눈에 힘을 주고 앞으로의 대결을 지켜보았다.

그렇게 관계없는 자들이 빠지고 드디어 중앙에는 첫 번째 싸움의 주인공들만 남았다.

"애송이. 미리 경고해 두는데, 앞으로 네가 보게 될 것은 팔열지옥과 팔한지옥 그 이상의 것이 될 것이다."

"기대해 보지. 내가 겪은 지난날의 지옥과 얼마만큼의 차별을 두는지."

이걸로 대화는 끝이 났다. 애초 한가로이 인사를 나눌 사이도 아니고, 또, 다시 볼지도 모를 사이이기에 바로 싸움에 들어갔다.

〈빙괴. 세상에 처음으로 우리의 감춘 능력을 선보이는 거다. 꼴사나운 모습은 보이지 마.〉

〈염괴. 그렇다고 너무 흥분해 다 보이진 말아. 우리에게 있어선 이 싸움 다음이 중요하니까.〉

〈그래.〉

고죽염과 유원빙은 마지막으로 한 번 더 계획을 점검하고 각자의 몸에 쌓인 기운들을 끌어올리기 시작했다.

화르르르.

좌자자작.

꼭 여름과 겨울을 한곳에 모아놓은 것 같았다.

고죽염을 중심으로 그 주위가 뿜어내는 열기에 아지랑

이처럼 일렁거렸고, 반대로 유원빙 주변은 한기에 성에가 끼기 시작했다.

놀라운 건 그렇게 둘의 기운이 닿은 곳에서 점점 대기가 격렬히 들끓기 시작하며 차츰 어떤 형상을 갖춰 나가기 시작했다는 것이다.

휘류르르.

뜨거운 공기와 차가운 공기가 원인이 되어 생성되는 태풍.

그걸 인간이 해낼 수 있다면, 오로지 자연만이 만들 수 있다는 태풍도 더는 자연만의 것이 아니게 된다.

지금 고죽염과 유원빙이 그걸 직접 몸으로 증명하고 있었다.

둘 사이에 생성된 태풍은 점점 그 크기를 키워 나가며 어느샌가 웬만한 사람보다 머리가 두 개가 더 큰 고죽염의 두 배나 되는 크기로 자라났다.

밖에서 이 모든 걸 지켜보는 자들에게도 바람의 영향이 가고 있을 정도로 왠지 여기에 휩쓸리면 피륙으로 된 존재는 금세 갈기갈기 찢겨 나갈 것 같았다.

'생긴 것답게 웃긴 재주를 갖고 있는 늙은이들이군.'

이 순간 유장천은 놀랍다기 보다는 오히려 흥미와 재

미를 느끼고 있었다.

지난 세월이 그저 세상만 바꿔놓은 것이 아닌 듯 무공도 못 본 사이에 정말 확 달라져 있었다.

왠지 심옥당이 그리 걱정한 이유가 유장천은 조금 이해가 갔다.

그 순간 더는 그 크기를 키우고, 또, 제어를 할 수 없는지 음양쌍괴가 기합성과 함께 자신들이 만들어낸 태풍을 유장천에게로 내쏘았다.

콰류르르.

정말 그 짧은 사이 보는 것만으로도 질릴 정도로 태풍은 그 크기와 위력이 유장천이 상대할 수 없을 정도로 커져 있었다. 차라리 이럴 줄 알았으면 그들이 이런 위력을 만들 동안 미리 공격을 할 걸. 그런 후회도 들만했지만, 유장천은 그저 가만히 운룡의 손잡이에 손을 얹어가고 있었다.

'태풍이든 폭풍이든 베지 못할 것이 없는 은하일섬이 가를 수 없는 것은 없다!'

번쩍!

음양쌍괴가 사람들이 놀랄 태풍을 만들어냈다면, 유장천은 마치 거기에 화답하듯 보는 이들의 눈을 한순간 멀게 할 엄청난 빛의 폭발을 일으켰다.

덕분에 잠시 사람들은 싸움의 결과를 확인하기까지 본의와 무관하게 시간을 흘려보낼 수밖에 없었다.

하지만 눈 이전에 귀를 괴롭히던 바람 소리가 사라진 것을 알고 빛의 폭발이 태풍을 삼켰다는 그런 생각을 하게 되었다.

반면 유원빙은 다른 생각을 했다.

〈염괴! 좌측으로 오 보 물러나라!〉

〈크윽!〉

다른 자들과 마찬가지로 빛의 폭발을 피하지 못한 고죽염은 눈을 감은 채였다. 하지만 유원빙의 통령전어에 눈을 감고도 늦지 않게 몸을 뺄 수 있었다.

그 순간 무언가 섬뜩한 기운이 그가 있던 자리를 가르고 지나가는 것이 느껴졌다. 가슴 한구석이 서늘해질 정도로 거의 간발의 차이였다.

다 유원빙의 작은 눈이 가져온 행운이었다. 그는 남들과 달리 눈이 거의 살 속에 파묻혀 누구보다 빨리 위험을 감지하고 눈이 머는 것을 막을 수 있었다.

그 덕에 고죽염이 가까스로 반으로 조깨지는 것을 막을 수 있었다.

〈그대로 앞으로 전진해 놈을 감싼다.〉

〈알았어.〉

고죽염은 눈을 감고도 마치 모든 것이 보이듯 너무도 자연스레 신형을 이동시켰다.

'확실히 이 늙은이들 뭔가 있군.'

첫 번째 은하일섬이 태풍을 가르고, 두 번째 은하일섬은 충분히 키만 멀대 같이 큰 노인을 끝장낼 수 있다고 여겼다.

그런데 결과는 전혀 원하던 대로 되지 않았다. 태풍까지는 별 탈 없이 의도대로 갈랐지만, 뒤이어 노린 고죽염은 눈을 감은 채로 유유히 이격을 피하고 반격까지 하고 있었다.

화아아악!

고죽염의 손에서 닿는 모든 것들을 재로 만들 것 같은 열양지기가 노도와 같이 쏟아졌다. 멸겁화(滅劫火)라는 고죽염이 현재 익히고 있는 멸천태양마공(滅天太陽魔功)이 극에 달해야만 쓸 수 있는 초극화였다.

유장천은 또다시 은하일섬을 사용할까 하다가 그만두었다. 은하일섬은 일격필살의 수법이었다. 일격이 실패할시, 이격, 삼격으로 쓰다간 오히려 이쪽의 위험만 초래할 수 있었다.

할 수 없이 끌어올린 건곤무극공의 기운을 운룡에게
실어갔다. 그러자 운룡의 붉은 검신이 자색 서기에 물들
어 더욱 붉어지는가 싶더니, 종국에는 마치 용이 똬리를
틀 듯 그렇게 검신 위에 자리 잡았다.

그 상태로 유장천은 고죽염의 멸겁화를 맞아갔다.

그 순간 유장천의 등 뒤에서 이번에는 닿는 순간 모든
것을 얼려 가루로 내어 버릴 차가운 기운이 그를 덮쳐
왔다.

멸겁화에 비견되는 유원빙의 음명기(陰冥氣)였다.

음명기는 유원빙이 익히고 있는 유명음풍마공(幽冥陰
風魔功)을 극성까지 익혀야만 쓸 수 있는 초극빙이었다.

'정말 둘을 상대하는 건 귀찮군.'

이렇듯 앞과 뒤로 적을 맞아야만 하니 신경을 둘로 나
눌 수밖에 없었다. 하지만 어디까지나 귀찮을 뿐 못 막
을 건 아니었다.

일전에 심옥당에게 조금은 진지해지겠다 말한 것처럼
본격적으로 가진 무공을 펼쳐내기 시작했다.

은하일섬, 건곤무극공에 이은 검신의 또 다른 절학.

대연검(大然劍).

간단한 이름에 비해 이는 검신이 말년에야 비로소 검에 대자연의 웅장함과 경이로움을 담아내며 완성시킨 절학이었다. 오죽하면 이 이름 외에는 어떤 것도 어울리지 않다고 그냥 검 앞에 대자연에서 따온 대연이라는 두 글자를 붙이고 이 이상은 없다 천명했을까?

이처럼 한마디로 대연검은 대자연 그 자체였다.

바람이 불면 구름이 흘러가고, 또, 그렇게 모인 구름은 마침내 대지에 비를 뿌린다. 대지를 적신 비는 모여 강이 되어 바다로 흘러가고, 바다에서 시작된 바람은 다시금 하늘로 올라가 구름과 만난다.

끝없이 순환되는 대자연의 이치. 멈출 수도 없고, 막을 수도 없다.

대연검의 이런 이치에 따라 유장천의 검이 움직였다. 바람이 구름을 이끌 듯 유장천이 멸겁화를 이끌었다.

당연히 그런 멸겁화가 향하는 곳은 뒤에서 유장천을 덮쳐 오는 음명기.

두 가지 상반된 기운이 서로 충돌을 하고.

쾅!

대기 중으로 산산조각 나 흩어져 버렸다.

하지만 유장천의 검은 거기서 멈춘 것이 아니었다. 대

지가 되어 흩어진 기운들을 하나둘 모아 나갔다.

그러자 섞인 기운들이 순식간에 거센 바람이 되어 유장천 주변을 맴돌고 있었다.

유장천은 다시금 그 모든 걸 공평하게 본주인인 고죽염과 유원빙에게 돌려주었다.

"……!"

되로 주고 말로 받은 기분. 분명 두 사람은 유장천에게 태풍 하나를 선물해 줬는데, 다시 돌려받았을 때는 비록 그것보다 크기는 작았지만 수에서는 월등히 유장천에게 밀렸다.

충격이었다. 자신들이 이십 년이나 투자해 이뤄낸 업적을 유장천은 고작 검 몇 번 휘두르는 걸로 이뤄내고 말았다.

그렇다고 멀뚱히 눈 뜨고 당할 순 없어 자신들을 덮쳐오는 태풍들에게 멸겁화와 음명기를 쏘아댔다.

그 순간 기다렸다는 듯 유장천의 검이 그런 멸겁화와 음명기를 쫓았다.

펑! 퍼버벙!

곳곳에서 또다시 멸겁화와 음명기의 기운이 충돌했고, 유장천은 또 그렇게 흩어진 기운들을 모아 또 다른 태풍을 만들어냈다.

"……."

보고 있으려니 그냥 머릿속이 새하얗게 변하는 기분이었다.

이렇게 되니 함부로 기운을 쏟아낼 수 없었다. 그랬다간 상대의 수만 더 늘려주는 꼴이라 할 수 없이 둘은 쏘아오는 기운들을 최대한 유장천에게 빼앗기지 않는 한도 내에서 밀어내거나 피했다.

잠시 후.

"헉헉!"

바람은 사라지고, 대신 음양쌍괴가 뿜어내는 거친 숨소리가 그걸 대신했다.

본의 아니게 이리저리 날뛴 덕에 몰골까지 엉망이 되어 낭패스럽다 못해 불쌍해 보이기까지 했다.

하지만 그렇다고 유장천의 검이 그런 둘을 가만히 두고 볼 이유는 없었다. 그런 둘에게 막 새로운 바람을 선사하려는 그때.

굉문이 참지 못하고 나섰다.

"아미타불. 잠시 멈추시오."

그래도 유장천은 마치 못 들은 것처럼 음양쌍괴에게

최후의 일격을 날리려 했다.

그걸 본 꾕문도 더는 참지 못하고 진신내공을 끌어올렸고, 한 사람도 더는 지켜보지 못하고 나섰다.

[주군. 안 됩니다. 아미파마저 적으로 돌릴 순 없습니다. 누가 뭐래도 이곳은 아미파의 영역입니다. 저희뿐만 아니라 혹시라도 피해를 입을 당문을 생각해서라도 제발 자중해 주십시오.]

다른 말보다 당문이라는 두 자가 컸다.

유장천의 걸음이 그 자리에서 멎었다. 그 상태로 그는 음양쌍괴는 물론 꾕문까지 제 시선 아래 두었다.

"운이 좋군. 누구 덕에 목숨은 부지했어."

〈저놈이!〉

고죽염이 바로 발작할 것처럼 유원빙에게 통령전어를 전해왔다.

〈그만!〉

하지만 유원빙은 그처럼 길길이 날뛰지 않았다.

〈어차피 목숨을 걸어가면서까지 이기려던 싸움은 아니었잖은가? 이쯤에서 물러나세. 저놈의 검술이 놀랍긴 해도 아직 우리도 모든 능력을 다 쏟아낸 것은 아니네. 후에 반드시 설욕할 기회가 있을 걸세. 반면 그 일은 지

금이 아니면 안 되네. 그러니 그만두세.〉

〈ㅇㅇㅇ.〉

유원빙의 만류에도 고죽염은 쉬이 분노를 풀지 못했
다. 그래도 끝내 일을 엉망으로 만드는 짓은 하지 않았
다. 신경질적으로 몸을 돌려 먼저 운교 밖으로 사라졌다.

그래서 할 수 없이 철무극의 상대는 유원빙 혼자해야
만 했다.

"궁주. 미안하오. 아무래도 능력이 일천해 큰 도움은
못된 것 같소. 아무쪼록 부디 궁주께서 본궁의 위신을
세워주시오. 이 사람은 혹 염괴 그 친구가 괜한 사고는
안 칠까 따라가 봐야겠소."

끄덕.

그런데 철무극의 고개가 너무도 순순히 떨어졌다.

마치 애초 기대도 안 했다는 뜻 같아 유원빙의 눈에
순간 살기가 나타났다 사라졌다. 하지만 작은 눈이 이번
에도 그를 도와주었다.

아무도 거기에 대해 말을 하지 않아 짧은 목례를 끝으
로 그도 염괴를 쫓아 운선암을 떠났다.

그렇게 오늘의 싸움이 두 번째 단계로 넘어가게 되었다.

6

단서(端緒)

'아미타불.'

사실 조금 전에 유장천이 벌인 일로 떠나간 음양쌍괴처럼 굉문도 조금 심기가 불편했다. 하지만 어디까지나 자신은 공증인의 위치라 가라앉히고 두 번째 시합을 진행시켰다.

"일단 첫 번째 시합은 유 시주의 승리로 돌아갔소. 본래대로라면 여기서 잠시 휴식을 취해야 하나, 사전에 두 시합을 연속으로 치르기로 했으니 이대로 거행하겠소."

시합도 파격이고, 진행도 파격이었다.

하지만 사전에 이렇게 하기로 합의했으니 별 다른 이

의 없이 바로 두 번째 싸움으로 넘어갔다.

"주군. 진정 이렇게 바로 진행해도 되겠습니까? 잠시 숨이라도 돌릴 여유를 갖으시고……."

"눈치 못 챈 듯하구나."

"예?"

"아니다. 뭔가 꿍꿍이가 있다면 조만간 드러나겠지. 괜히 요란한 빈 수레 역할을 하지 않았을 테니."

유장천은 의미 모를 말을 마지막으로 또다시 중앙으로 나섰다.

"괜찮겠습니까?"

사마결 또한 누구처럼 철무극에게 이 말을 던졌다.

끄덕.

"진정 허무할 정도로 음양쌍괴 두 늙은이가 쉽게 패배를 인정했습니다. 적어도 그 둘이라면 단조양보다는 몇 배는 나은 결과를 낼 줄 알았는데."

말하는 사마결의 미간이 점점 찌푸려졌다.

자고로 뜻은 사람이 세우지만, 결과는 하늘만 안다고. 그토록 고심해서 역의 역을 찔렀는데, 또, 어느 정도 치졸하단 오명까지 뒤집어썼는데, 얻은 것이 거의 없다시피 했다.

'이 늙은이들 혹시…….'

갑자기 사마결의 눈이 빛을 발했다.

'하지만 어차피 달라질 것은 없을 것이다. 궁주는 이기고, 건방진 저놈은 죽는다. 그 후, 진정 이 모든 게 꿍꿍이었다면 그에 대한 대가를 반드시 치르게 될 것이다.'

이 순간 사마결도 유장천과 비슷한 생각을 하고 있었다.

보기에는 화려했지만, 왠지 조금 전의 싸움은 마치 그 알맹이는 사라진 것 같았다.

물론 유장천이 보여준 능력도 놀라웠다. 하나 그에 반해 이제껏 음양쌍괴로 불려온 둘의 명성이 너무도 허무히 무너졌다. 만일 그 명성이 거짓이라면 모를까? 아니라면 답은 한 가지다.

유장천과 사마결은 그에 대해 비슷하지만 조금 다른 생각을 가지고 있었다.

그 무렵 철무극은 사마결을 뒤로하고 유장천에게 다가가고 있었다.

마치 사람이 움직이는데도 꼭 거대한 산이 움직이는 듯했다. 이 순간의 철무극에게서는 그 정도의 위압감이 뿜어지고 있었다.

"적어도 아까 그 늙은이처럼 빈 깡통은 아니겠군."

유장천이 미소를 지었다. 강자를 보고 짓는 미소. 오로지 자신에 대한 강한 믿음이 있는 자들만이 가질 수 있는 미소였다.

하지만 여전히 철무극은 벙어리처럼 말이 없었다. 말없이 위에서 아래로 유장천을 내려다보았다.

왠지 이 상황이 살짝 기분이 나빠 유장천이 막 눈살을 찌푸릴 때였다.

"규정은 동일하오. 피치 못할 사정은 몰라도, 아니라면 승패가 가려진 순간, 인명의 상해를 막기 위해 싸움을 중지시킬 것이오. 그러니 두 사람도 그걸 잊지 마시오. 그럼 두 번째 시합을 거행하겠소."

하지만 사람들의 머릿속에 과연이란 의문이 떠올랐다. 다른 사람도 아닌 야수궁주와 영웅의 후예의 대결이었다. 아무리 아미파가 오랫동안 무림의 명문대파로 인정받았어도 이는 거의 불가능하다고 생각했다.

어쨌든 굉문이 물러나고, 그뿐만 아니라 다른 자들도 전보다 훨씬 두 사람과 거리를 벌렸다. 둘의 싸움에서 튈 괜한 불똥들을 걱정한 행동들이다.

"끝까지 입을 열지 않는군. 이쯤 되면 굳이 내가 벙어리다 말을 하지 않더라도 믿을 수밖에."

유장천이 인사 대신 던진 말이었지만, 여전히 철무극은 입을 열지 않았다.

대신 쓸데없는 소리 말라는 듯 기세를 올렸다.

화아아앗!

그가 기세를 올리는 순간 강렬한 기파가 주위를 휩쓸었다.

거리를 둔 자들마저 흠칫했을 정도로 확실히 십패주로 불리는 야수궁주의 능력은 놀라웠다. 꼭 폭풍에 휩쓸린 거친 파도 같다고 할까? 왠지 저 기세에 휩쓸리면 산산조각 날지도 모른다는 불안감이 일 정도다.

하지만 그걸 가장 가까운 곳에서 접하는 유장천은 담담했다. 거친 파도와 무관하게 제 자리를 지키는 고도(孤島)라고나 할까? 파도가 치든 안 치든 관심조차 없단 자세였다.

두두둑.

그게 마음 들지 않았는지 철무극이 양손을 쥐었다 폈다 했다.

그게 신호가 되어 유장천도 운룡에 손을 가져가 천천

히 검집을 벗겨냈다.

스르릉.

이것으로 둘의 싸움 준비는 끝났다.

하지만 고수들일수록 수합이 아닌 단 일합을 통해서도 싸움을 끝내는 것답게 둘 다 쉽게 움직이지 않았다.

그렇게 지루하게 시간이 흘렀다.

그 순간 눈치 없이 나뭇잎 하나가 그런 둘 사이에 날 아들었다. 지켜보기 지겨운 바람의 심술일지 모르지만, 어쨌든 애꿎게 나뭇잎이 둘이 내뿜는 기세에 휩쓸려 산 산조각이 났고, 그게 싸움의 본격적인 신호가 되었다.

탓!

서로 누가 먼저랄 것도 없이 몸을 움직였다.

콰르르릉!

철무극이 먼저 주먹을 내뻗자 거기서 우레와 같은 뇌 성이 터져 나왔다.

주변을 일순간에 진공으로 만드는 강력한 일격이 유장 천을 덮쳐 들었다.

그에 맞서 유장천의 운룡이 또다시 대자연을 노래했 다. 특별히 기세를 내뿜는 것 같지 않았는데, 철무극 의 노도와 같은 일격이 거기에 휩쓸려 엉뚱한 곳으로 향했다.

"……!"

공교롭게도 그 방향이 굉문이 있는 쪽이었다. 꼭 노린 것 같기도 했지만, 그렇다고 멍하니 있을 수 없기에 빠르게 신공인 금정천룡신공을 끌어올렸고, 그 기운을 호랑이가 엎드리고, 용도 가둘 정도의 기세로 쏘아오는 기운에 맞부딪혀 갔다.

쾅!

"흡!"

짤막한 신음을 삼키긴 했지만, 그래도 아미파의 장문인답게 맥없이 당하진 않았다. 그래도 경황 중에 끌어올린 일식이어선지 이 순간 굉문의 앞에 찍힌 세 개의 발자국이 너무도 씁쓸해 보였다.

그 무렵 엉뚱한 곳에서 폭음이 일긴 했지만, 철무극과 유장천은 치열하게 얽혀들고 있었다. 얼핏 봐선 누가 위라고 할 수 없을 정도로 한 치의 양보도 없었다.

다만 적수공권인 철무극이 검을 든 유장천보다는 조금 힘겨운 싸움을 끌어갔다.

서로 공세를 맞부딪힐 수 없으니 연신 내력의 소모가 큰 권풍을 쏘아 보낼 수밖에 없었다.

그걸 유장천은 음양쌍괴를 상대했을 때처럼 거스르지 않고, 자신의 의도대로 방향을 이리저리 돌리고 있었다. 이는 물론 거의 줄타기를 방불케 하는 아슬아슬함이었지만, 검신이 괜히 천하제일좌를 찾았던 게 아니란 입증을 해냈다.

그래도 이 상태로 가다간 누구보다 철무극에게 불리할 수밖에 없었다. 이제껏 힘으로 밀어붙이던 방식에서 초식을 이용한 방식으로 싸움 방식을 바꿨다.

"……!"

보는 사람의 눈이 휘둥그레질 정도의 괴상망측한 방식이었다.

양손으로 상대를 할퀴는 듯하더니, 상대가 피하자 그 손으로 바닥을 집고 뒷발로 상대를 걸어찼다.

펑!

처음으로 둘 사이에 충돌이 일었다. 예상외의 반격에 유장천이 운룡으로 그 공격을 막은 결과였다.

"주군. 야수백팔권(野獸百八拳)입니다!"

혹시 몰라 심옥당이 크게 소리쳤다. 그도 실제로 보는 건 오늘이 처음이었지만, 이 소문까지 못 들은 것은 아니었다.

야수궁주의 움직임은 가히 인간이라기 보다는 진짜 야수에 가깝다. 그렇기에 평범한 인간이 맹수를 당하기 힘들 듯, 그를 상대하려면 그의 기기묘묘한 움직임에 정신을 못 차리다 당할 수밖에 없다는 말이었다.

확실히 소문대로 기기묘묘하다고밖에 할 수 없었다. 사람이 짐승처럼 네 발로 땅을 짚고, 마치 위협하듯 그 앞을 어슬렁거리고 있었다.

"허참."

유장천은 너무도 기가 차 웃음조차 나오지 않았다. 하지만 그렇다고 인간이 짐승 흉내 내는 것 따위에 농락당하고만 있을 수 없었다.

다소 수비적인 대연검을 버리고, 공격적인 검학을 펼쳤다.

우우웅.

유장천의 내기를 머금은 운룡이 이제야말로 제대로 날뛸 수 있다는 듯 길게 울었다.

그 후, 싸움의 양상이 완전 반대가 되었다.

유장천이 힘으로 철무극을 밀어붙이기 시작했다. 운룡에서 뿜어진 자색 검강들이 철무극에게 쏟아졌다.

쐐애애애액!

콰가가강!

운선암이 있는 봉우리가 무너질 것처럼 요란스레 흔들렸다.

하지만 정작 중요한 철무극에는 별 소용이 없었다. 진정 이 순간 짐승이라도 된 듯, 손과 발로 땅을 짚고 몸을 피하는데도 유장천의 공격은 연신 그 뒤만 쫓을 뿐이다.

'오라. 그렇게 나오겠다 이거냐? 좋아. 그럼 아예 피할 수 없게 네놈과 네놈이 피할 자리까지 초토화시켜 주마.'

결정이 끝나는 순간, 운룡이 유장천의 손을 떠나 허공으로 쏘아졌다.

쐐애애액.

역시나 그 소리에 이끌리듯 사람들의 시선이 하늘로 향했다.

"……!"

그 후, 대부분의 사람들이 보인 반응들은 한결같았다. 눈이 튀어나올 듯 휘둥그레졌다.

꼭 검이 아니라 화탄을 허공으로 던진 것 같았다. 한순간 운룡이 강렬한 자색 폭발을 일으키며 그 여파를 땅으로 쏟아냈다.

쾅! 콰가가강!

성난 하늘이 뇌전이라도 쏟아내는 듯했다. 검기우의
몇 배나 되는 파괴력이 대지를 휩쓸었다.

"피, 피해!"

누구 입에서 튀어나왔는지 몰랐다. 싸움을 구경하던
자들이 본래 자신이 있던 곳만큼의 거리를 더 물러났다.

하지만 직접 공격을 당하는 철무극은 그들처럼 마음대
로 몸을 뺄 수 없었다.

결국 할 수 없이 처음에 하던 대로 하늘에서 쏟아지는
자색 뇌전들에 맞서갔다.

하늘의 분노가 뇌전이라면, 그에 맞서는 대지는 마치
활화산이라는 듯 철무극의 전신에서 한순간 강한 폭발이
일었다.

그를 중심으로 시작된 엄청난 강기의 회오리가 쏟아지
는 뇌전에 맞서갔다.

펑! 퍼버버벙!

연신 화포 소리가 자색 뇌전과 강기 폭풍이 닿는 곳에
서 터져 나왔다.

힘과 힘.

누가 약하고 누가 더 강한지 확실히 그 끝을 보여주는 대결이었다.

애초 이런 식으로 대결이 시작되었어야 했다. 그래야 현 무림의 정점에 선 십패주와 영웅의 후예에 걸맞는 싸움이라 할 수 있었다.

자색 뇌전과 강기 폭풍의 기세 대결은 사람들의 생각보다 꽤 오래 지속되었다.

하지만 애초 이는 수비적인 철무극이 불리한 대결 방식이었다.

위에서 아래로 내리누르는 상대의 공격을 아래에서 위로 떠받친다?

몇 배의 힘과 능력이 요구되는 일이었다.

촤자자작!

어느샌가 기세에 휩쓸린 철무극의 면사가 산산조각 나흔적도 없이 사라졌다.

덕분에 그동안 사람들을 궁금하게 만들었던 그의 외모가 드러났다.

충격이었다.

그는 소위 사람들이 말하는 언청이였다. 천성적으로

기형인 윗입술을 타고나 제대로 말을 할 수 없던 것이다.

결국 그가 끝까지 침묵을 지키고 있던 건 무게를 잡으려던 것이 아니라 이런 신체적 치부가 이유였던 것이다.

"크아아아아!"

그래선지 처음으로 철무극의 입에서 괴성에 가까운 포효가 터져 나왔다. 더불어 그의 몸에서 뿜어지는 강기 폭풍도 지금보다 두 배는 더 두껍고 강렬하게 변했다.

마치 그 기세로 하늘마저 갈라놓을 듯, 허공으로 솟구쳐 연신 자색 뇌전을 쏟아내는 운룡에게까지 닿았다.

콰아아앙!

엄청난 폭음을 뒤로하며 반발을 이겨내지 못한 운룡이 실 끊어진 연처럼 허공을 날았다.

휘리릭!

그 순간 유장천이 손을 뻗어 그런 운룡을 다시금 제 손으로 끌어들였다.

운룡이 무사히 주인의 손으로 돌아왔지만 처음과 같은 상태는 아니었다. 조금 전의 어마어마한 격돌로 꼭 화로에라도 들어갔다 나온 것 같았다. 마치 유장천의 손을 태우기라도 할 듯 뜨거운 열기를 뿜어내고 있었다.

유장천은 내력을 가해 그 열을 식히는 한편, 서서히

안정을 찾아가는 철무극에게 눈길을 주었다.

그런데 이를 두고 어찌 안정을 찾았다고 할 수 있을까?

날아가는 면사는 둘째치고라도, 엉망이 된 머리와 이곳저곳 갈라지고 터져 나간 의복. 좀 더 유심히 보면 본래 가진 적갈색의 피부가 조금 창백해진 것 같기도 했다.

명백히 누가 나은지 비교되는 결과였다.

"……."

당연히 이 모든 걸 곁에서 보는 이들의 얼굴에도 그것이 고스란히 드러났다.

그래서 굉문이 조금 전처럼 제 할 일을 하려 나서려 하는데.

"아짓 아니다!"

느닷없는 철무극의 일성이 굉문의 다음 행동을 막았다.

"아짓 난 딘 게 아니다! 그러니 나서디 마라!"

철무극이 연속해서 자신의 패배를 부인하자 굉문도 더는 제 할 일을 하기가 힘들었다.

"아미타불."

상대의 무례한 언성에 썩 좋은 기분은 아니지만, 자신

의 치부까지 드러내며 저리도 호승심을 불태우니, 내뱉
는 불호 속에 안 좋은 기분마저 함께 실어 보냈다.

결국 싸움은 끝나지 않고 계속 진행되었다.

"난 아짓 내 던부를 보여준 게 아니다!"

굉문을 물리친 철무극이 이번에는 유장천을 상대했다.

그런데 유장천이 조금 엉뚱한 말을 했다.

"미안하군. 설마 그런 속사정이 있는지도 모르고 일전
의 일은 내가 사과하지."

"딥어치워! 난 네놈에게 사가 바들 이유가 없다."

"그렇군. 내가 또 성급했군."

"그러니 헛또리 말고, 앗프로 내소네 당할 둔비나 해
라!"

정말 이번만큼은 자신이 있다는 듯 소리치는 철무극의
두 눈에서 붉은 혈광이 뿜어져 나왔다.

"……?"

그런데 철무극의 그런 변화가 묘하게 유장천의 심기를
건드렸다.

왠지 어디선가 한번쯤 본 듯한 모습이다. 하지만 곧
피식 웃고 말았다.

'병이군. 이제는 붉은 빛만 봐도 저절로 놈이 떠오르니.'

하지만 이는 쉽게 고칠 수 없는 불치병이었다. 유일한 치료제는 혈황 그 자식의 생사여부를 직접 두 눈으로 확인하는 것뿐.

이런 이유로 장난이라도 져 줄 생각이 없어 유장천은 다시금 운룡을 든 손에 힘을 주었다. 어차피 눈앞의 철무극도 언청이든 아니든 용서할 생각이 없었다.

감히 유장천에게 있어 몇 안 되는 지인의 시신을 농락하려던 놈이다. 이런 걸 봐주면 유장천이 아니고, 심옥당에게 뒤끝만 긴 대악당이라 불리지도 않았을 것이다.

'육십 살이나 어린 꼬맹이(?)를 데리고, 이 정도 놀아줬으면 존장으로서 할 짓은 다 한 거지. 애초 천하에 내 존재를 각인시키려던 바. 구경꾼도 있겠다. 제대로 눈도장을 찍어줘야겠지.'

유장천도 철무극처럼 아직 보여주지 않은 한 가지를 보여주려 했다.

은하일섬, 건곤무극공, 또, 대연검에 이은 검신의 또 다른 절학.

"……나는 이제껏 이 경지에 다다르고 한 번도 이를 세상에 드러낸 적이 없다. 왜 그런 줄 아느냐? 이러한

경지는 결코 세상에 나와서는 안 된다고 생각했기 때문이다. 이제껏 무학의 끝처럼 여겨온 검심합일(劍心合一), 이 이후가 있다는 걸 사람들이 알게 되면 분명 나 외에 또 다른 자도 그걸 깨우치게 될 것이다. 하지만 그렇게 되면 세상 어떤 이도 그를 막을 수 없다. 마음에 이어 제 영혼마저 다스릴 수 있는 자를 도대체 무슨 수로 상대할 수 있을까? 그러니 내 비록 이를 네게 전수한다 해도 결코 함부로 드러내서는 안 될 것이다. 꼭 죽여야 할 자가 아니라면 절대 사람들 앞에서 펼치지 마라!"

북궁적은 이를 검신합일(劍身合一), 검심합일 다음의 단계로 두고 검령합일(劍靈合一)이란 명칭을 붙였다.

그리고 여기서 기인되는 초월적인 힘을 심영광(心靈光), 또는 심영검(心靈劍)이라 불렀다.

'사부께서 이 사실을 아신다면, 당장이라도 선계에서 놀라 뛰쳐나오겠지만, 천하인들을 그보다 더 깜짝 놀라게 하려면 이 방법밖에.'

하지만 생각처럼 유장천에게도 심영검은 쉬운 일이 아니었다. 이제 막 거기에 발을 들인 상태라 오랜 시간 그 능력을 쓸 수 없었다. 만일 그랬다면 과거 혈황이 그의 손을 빠져나가는 일은 없었을 것이다.

"가고해라!"

그 순간 상대도 모든 준비를 마친 듯 이쪽에게 경고를
보내는 여유마저 보이고 있었다.

유장천도 질 수 없어 예의 심영검을 일으켰다.

"……?"

그런데 보는 이들 모두 의문을 가졌을 정도로 아무런
일도 일어나지 않았다.

단순히 상대에게 들고 있던 검을 겨누는 게 전부라 혹
도발이라도 하는 것은 아닌가라는 생각이 들었다.

같은 편인 심옥당도 다를 게 없어 보고 있으려니 심장
이 빠르게 타들어 가는 듯했다.

'주, 주군……'

하지만 괜히 유장천의 정신만 분산시킬까 경고조차 할
수 없었다. 그저 벙어리 냉가슴 앓듯 그렇게 속앓이만
했다.

어쨌든 유장천이 벌인 일이 여러 사람에게 꽤나 커다
란 충격을 주었다.

그중에서도 제일은 누가 뭐래도 철무극. 그는 조금 전
낭패를 당했을 때보다도 더한 분노를 두 눈에 담았다.

196

그래서 숫제 그의 눈이 홍옥이라도 박아 넣은 것 같았다.

"이 다식이!"

참지 못하고 철무극이 땅을 박찼다. 아쉬운 건 신체적 장애로 조금 그런 부분이 퇴색되었다고 할까?

어쨌든 이 순간 철무극이 전신에 두른 붉은 안개는 이전과는 비교 자체를 거부했다. 닿는 건 뭐든지 모래처럼 부서트렸다.

땅을 뒹구는 돌 조각도, 또, 유장천과 그 사이를 유일하게 가로막고 있는 대기도. 얼핏 봐서는 이 세상 무엇도 가르지 못할 게 없다는 은하일섬과 비슷한 면을 보였다.

하지만 철무극이 일으킨 기세는 당사자가 마음먹기에 따라 직선도 곡선도 될 수 있었다.

그래서 유장천도 피하지 않고 마주 상대와의 거리를 좁혔다.

단순히 검을 앞세운 채 걷는 동작으로 허공을 날아 거리를 좁혀오는 철무극과는 차이를 보였다.

그야말로 계란으로 바위라도 부서트리려는 듯한 모습!

이런 이유로 사람들은 그 순간 운룡의 붉은 검신에 흐리게 떠오른 황금빛 광채를 보지 못했다.

그리고 여지없이 둘의 신형이 한 곳에서 부딪혔다.

놀랍게도 둘이 회심의 한 수로 노리며 일으킨 기세들
이었는데 아무런 소리도 나지 않았다.

"……!"

"……!"

그저 모두 상대의 이번 공격에 놀라 눈이 크게 부릅뜨
고 있었다.

다만 차이가 있다면 철무극은 운룡에 가슴이 꿰뚫린
채 그랬다는 것이고, 막상 검을 찌르고도 유장천 또한
같은 얼굴을 하고 있었다는 것이다.

"궁주!"

뒤늦게 사마결이 충격을 이기지 못하고, 그 둘에게 다
가가려 했다.

그 순간 굉문이 벽이 되어 그런 사마결의 앞을 막아섰
다.

하지만 충격에 눈이 뒤집힌 사마결에게 상대가 아미파
장문인이란 사실조차 남아 있지 않았다. 평소 몸을 쓰기
보다는 머리로 모든 걸 해결하려던 그와는 천양지차였
다.

한순간 그의 손이 질린 낯빛보다 더 새하얗게 변해더

니 그대로 굉문을 향해 쏘아졌다.

다행히 굉문도 그럴 줄 알았다는 듯 전과 달리 늦지 않게 복호곤룡장(伏虎困龍掌)으로 상대의 소수마공(素手魔功)을 상대했다.

덕분에 사파삼대수공으로 통하는 소수마공에도 조금도 밀리지 않을 수 있었다.

펑!

"큭!"

오히려 심신이 불안정한 상태에서 무공을 펼쳤던 사마결이 기세에 밀려 뒷걸음질 쳤다.

굉문이 자중하라는 듯 그런 사마결을 향해 불호를 읊었다.

"아미타불. 자중하시오."

"비켜라!"

"사마 시주. 비록 귀궁주가 검에 가슴을 뚫리는 불행한 일을 당했지만, 어디까지나 이는 양편 모두가 인정하고 치러진 비무였소. 그러니 괜한 분란 일으킬 것 아니면 자중하시오."

"닥쳐라! 어디 감히 아미의 이름으로 십패의 한 곳인 야수궁을 핍박하려 드느냐? 물러서지 않는다면, 야수궁의 전 힘을 동원해서라도 내일 당장 아미파의 이름을 사천에서 지워 버릴 것이다!"

"아, 아미타불."

굉문도 이번 만큼은 참기 힘들다는 듯 불호가 떨려 나왔다.

아미가 어떤 곳인가? 뒤늦게 생긴 야수궁과는 비교도 안 되는 오랜 전통을 지켜온 곳이다.

"정 그렇게 본 파가 우스워 보인다면 그리해 보시오. 내 하나도 두렵지 않소이다!"

수도자는 수도자이되 어떤 무림 문파보다 상무정신을 숭상하는 아미파.

이로서 야수궁과 아미의 충돌은 기정사실 같았다.

그 무렵 이쪽의 이런 소란과 무관하게 유장천과 철무극은 둘 다 충격 속을 걷고 있었다.

"어, 어띠 혈령인이 이리도 허무하게…… 분명 그가 말하길 혈령인은 무적……."

와락!

마치 이 말에 현실감을 되찾은 듯 유장천이 거칠게 철무극의 멱살을 틀어쥐었다.

"큭!"

덕분에 가슴을 꿰뚫은 검이 주는 고통이 더 커졌지만 유장천에게는 상관없었다.

지금은 이보다는 철무극이 마지막으로 사용한 무공과 조금 전 그가 언급했던 그가 바로 문제였다.

"닥쳐! 내가 지금 듣고 싶은 것은 네놈의 그 지저분한 신세 한탄이 아니야. 도대체! 네놈이 어찌 혈마 그 개자식의 혈무마공(血霧魔功)을 알고 있는 것이냐? 어떻게 알고 있느냔 말이다!"

멱살을 잡고 있는 것도 모자라 유장천이 거칠게 철무극을 이리저리 흔들었다.

이로 인해 철무극은 시도 때도 없이 이승과 저승을 오고 가야만 했다.

하지만 비록 그가 언청이긴 했어도 귀까지 먼 것은 아니었다.

혈마.

천하를 거의 집어삼키기 전까지 혈황을 달리 부르는 말이었다.

그런데 지금 자신이 펼친 무공이 바로 그 혈마의 무공이라니……

"아, 아니다. 그는 분명 혈령인이라고…… 다신의 이름은 위디악이 아닌 공…… 공……."

결국 갑작스런 심경의 변화와 또, 이 순간 가슴을 꿰뚫고 있는 검이 빠르게 철무극의 생기를 앗아가고 있었다.

"공 뭐? 공 그 다음은 뭐냔 말이다!"

유장천이 몇 번이고 정신을 차리라는 듯 연신 철무극을 뒤흔들었지만, 오히려 그게 더 죽음을 재촉했는지, 아니면 이미 돌이킬 수 없는 강을 건넜는지, 끝내 철무극의 숨이 끊어졌다.

"으…… 으……."

덕분에 유장천은 거의 역린이라도 건드림 당한 용처럼 분노를 일으켰다.

두 번 다시 사부의 경고를 떠올리지 못했을 정도로 이 순간 그의 전신은 온통 듣지 못한 뒷말에 대한 분노로 활활 타오르고 있었다.

그러자 잊고 있던 한 가지가 슬금슬금 고개를 쳐들기 시작했다.

유장천의 이마에서 시작된 검은 선들이 그의 얼굴을 화선지 삼아 빠르게 하나의 형상을 이뤄가고 있었다.

마귀. 아니, 이미 유장천의 얼굴은 검은 선에 뒤덮여 마귀로밖에 느껴지지 않았다.

우우우웅!

운룡이 제 주인의 그런 모습이 싫은 듯 거칠게 울부짖기 시작했다. 그런데 어찌 들으면 주인의 이런 변화를 반기는 것도 같았다.

어쨌든 저번에 이어 운룡도 유장천을 일깨우려 울부짖었지만, 소용이 없었다.

오히려 그 소리에 유장천은 그제야 상대의 가슴에 검을 꽂아둔 사실을 떠올린 듯 운룡을 뽑아 들었다. 그 후, 더는 철무극이 필요 없다는 듯 멱살을 놓았다.

털썩.

짐짝처럼 철무극의 시신이 바닥에 떨어지고.

"무, 무극 형님? 형님. 형니이이임!"

애타는 사마결의 음성과 동시에 유장천의 비통한 외침도 운선암 주위에 떠다녔다.

"으아아아아!"

승자도 패자도 없고, 오로지 고통에 괴로움 받는 불쌍한 존재들만 남게 되었다.

7

천살성(天殺星)

꽁문도 더는 사마결을 막을 수 없었다. 아니, 이제는
그가 아니라 다른 사람을 걱정할 필요가 있었다.

  사별삼일괄목상대라는 말이 우스울 정도로 유장천의
모습이 조금 전과 완전 달라져 있었다.

  얼굴 전체를 뒤덮은 검은 선뿐만 아니라, 이제껏 그에
게서는 조금도 느낄 수 없던 끔찍한 마기가 느껴지지 시
작했다.

  "주군……?"

  상황이 이렇다 보니 이 모든 걸 지켜보는 심옥당의 얼
굴 또한 충격도 이런 충격이 없단 얼굴이다.

한순간에 확 달라진 유장천의 외모. 전혀 생소하지만, 어찌 보면 두 번째이기도 한 모습이었다.

'서, 설마 그때 그것이?'

붓 갖고 장난이라도 친 듯 이리저리 얼굴을 뒤덮고 있는 검은 선들. 일전에 혈황지보 이야기를 꺼낼 때 유장천이 잠시 보였던 바로 그 모습이다.

하지만 문제는 외모가 그때처럼 바뀌었다는 것이 아니다. 웬일인지 그때와 다르게 심옥당의 심장이 의지와 무관하게 빠르게 뛰기 시작했다.

꼭 불행이 다기오기 전에 먼저 몸이 그걸 느끼는 것처럼……

그 순간 영락없이 불행이 찾아왔다.

"마, 마귀노효(魔鬼怒哮) 천살멸세(天殺滅世)!"

굉문이 마치 진짜 마귀라도 본 것처럼 어울리지 않게 말까지 더듬었다. 그러나 그건 찰나에 불과했다. 언제 놀랐냐는 듯 빠르게 얼굴을 굳혀가고 있었다.

웬일인지 심옥당에게는 굉문의 그런 변화가 너무도 또렷이 보이고 있었다.

'마, 막아야 한다. 무슨 수를 써서라도!'

이유는 몰랐다. 그렇게 하지 않으면 조금 전 굉문이

말했던 것과 같은 일이 벌어질 것 같았다.

마귀노효 천살멸세.

마귀 노해 소리치면 천살성이 세상을 멸한다.

영락없이 지금의 유장천에게 이보다 더 잘 어울리는 말은 없었다.

그래서 심옥당은 이도 저도 재지 않고 바로 유장천에게 몸을 날렸다. 말로 정신 차리게 하든 아니면 때려 정신차리게 하든 어떻게든 정신을 차리게 만들어야 한다는 생각뿐이다.

이런 생각을 또 다른 사람도 한 듯했다.

아무도 말리는 이가 없자 이 순간 철무극의 시체를 끌어안고 있던 사마결의 두 눈이 유장천에게 박혀 떨어질 줄 몰랐다.

사실 천하도 모르고, 야수궁도들도 모르는 비밀이 철무극과 사마결에게 있었다.

그들은 금사궁의 종리패와 제갈명처럼 실제로는 의형제 사이였다. 오히려 그들보다 연이 더 깊을 정도로 그 세월을 거슬러 올라가면 철없던 십대대부터 시작되었다.

어쩌면 그 둘이 만난 것은 하늘이 정한 운명인지도 몰랐다.

힘은 없지만 머리가 똑똑했던 소년과 힘은 있지만 타고난 장애로 말조차 제대로 하지 못한 소년.

어느 날 운명처럼 둘은 만났고, 그들은 진짜 형제보다 더 돈독한 우애를 쌓았다.

하지만 둘은 철저히 그 사실을 숨겼다. 알려졌다간 밖으로는 철무극의 권위가 떨어질 수 있고, 또, 안으로는 사마결로 인한 괜한 내분이 일어날 수도 있었다.

평소에도 주로 궁주를 대신해 모든 업무를 처리하는 사마결이 사실은 궁주의 의동생임이 밝혀졌으면 모든 이들은 그를 부러워하면서 또 한편으로는 시기했을 것이다.

이를 막고자 이 모든 걸 머리 좋은 사마결이 계획하게 되었다. 그래서 소년이 청년이고, 또, 지금의 장년이 될 때까지 이런 점을 철저히 숨겨왔다.

그 결과가 바로 지금의 야수궁이었다. 불행히도 그것이 오늘로서 막을 내렸지만……

그렇다 보니 사마결은 이 모든 불행을 불러온 유장천을 용서할 수 없었다.

일단 안고 있던 철무극을 바닥에 편히 눕혀놓고, 유장천을 향해 다가갔다.

그때까지 유장천은 마치 광기에 물든 늑대처럼 멈추지 않고 울부짖고 있었다. 실제로도 두 눈이 이성은 없고, 번들거리는 살의로만 가득 채워진 상태였다.

한마디로 살짝 자극만 가해도 화탄처럼 터질 것 같아 모든 이들이 그에게서 시선을 떼지 못했다.

"유장처어언!"

그 순간 육신이 아닌 영혼에 상처를 입은 듯한 음성이 거기에 불을 붙였다.

살의에 번들거리는 유장천의 두 눈이 바로 음성의 주인공 사마결을 바라보았다. 방어를 무시한 채 달려드는 사마결의 모습이 찌르듯 유장천의 두 눈을 파고들었다.

씨익.

한순간 유장천이 슬쩍 입꼬리를 말아올리는 것이 영락없이 먹이를 본 짐승의 그것이었다. 피하지 않고 마주 사마결에게 쏘아져 갔다.

어찌어찌 모든 일이 주변 사람들이 말릴 새도 없이 이뤄졌다.

"아, 안 되오!"

"주군!"

곁의 두 사람이 왠지 이 뒤에 벌어질 끔찍한 무언가가

떠오르는 듯 소리쳤지만 소용이 없었다.

복수에 눈이 먼 존재나 짐승 같은 살의에 물든 존재 모두 더는 인간의 말을 알아듣지 못했다.

푹!

듣기 싫은 피륙이 터져 나가는 소리가 들린 것도 잠시.

"컥! 네, 네놈…… 네놈…… 저주할……."

두 눈 멀쩡히 뜨고 상대방에게 심장이 잡힌 사마결의 음성이 몸서리치게 주위에 울려 퍼졌다.

씨익.

그러든 말든 이 순간 유장천은 손에 느껴지는 상대의 심장박동이 무척 마음에 든 듯했다. 미소가 더욱 짙어지다 못해 그 안에 감춰진 송곳니마저 밖으로 드러났다.

픽!

이 소리는 오로지 당사자와 그 일을 행한 유장천밖에 듣지 못했다.

그 결과 또 다른 한 생명이 최후를 맞이했다.

불행한 어린 시절을 딛고, 이제야말로 천하에 우뚝 솟을 수 있는 발판을 마련했던 두 사람이 더 큰 불행 앞에 한날한시에 숨이 끊어지는 비극을 맞이했다.

어쩌면 같은 날 태어나진 못했어도 대신 한날한시에

죽었으니 꼭 비극이라고만 할 수도 없었다.

오히려 비극은 이 순간 손에서 붉은 피를 뚝뚝 떨어트리고 있는 인간? 아니 마귀? 도저히 설명할 수 없는 유장천을 상대해야 할 두 사람에게 있었다.

"마, 막아야 한다!"

굉문이 무언가 중차대한 결심을 내린 듯 서둘러 신형을 뽑아 올렸다.

하지만 그가 향하는 곳은 유장천이 아닌, 유일하게 운선암과 세상을 연결시키고 있는 운교 쪽이었다.

이대로 운교를 넘고 또, 그 운교를 끊어 버릴 수만 있다면 어떻게든 눈앞의 악마가 세상에 나가는 것은 막을 수 있을 것이다.

굉문은 그렇게 생각했다. 아니, 그렇게 하려고 했다.

획!

유장천이 그보다 먼저 그 운교 앞을 막아서기 전까지는.

"……!"

굉문의 두 눈이 찢어질 듯 부릅떠진 것도 모자라 진한 절망에 물들었다.

마귀포효 천살멸세. 이는 대부분의 무림인들이 잊거나 잊고 싶은 끔찍한 저주였지만, 오랜 시간 그 명맥을 이어오는 문파에서는 무엇보다 경계하고 잊지 말아야 할 각인과도 같았다.

이는 마치 재앙의 별인 천살성이 땅에도 떠오른 것 같았다. 이 별의 기운을 타고난 자는 죽어 사라질 때까지 온통 땅위에 끔찍한 절망과 고통만 남긴다.

그러나 더 큰 문제는 이를 막을 이는 오로지 자미성(紫微星)을 타고난 이 한 사람뿐이란 사실이었다.

과거에는 운 좋게도 천살성이 강림하고, 늦지 않게 자미성의 주인이 나타나 천살성의 저주를 막을 수 있었다.

각각의 주인공이 바로 역대 마교 교주 중 두 번째로 강하다는 십대 천마와 백 년이나 흐른 지금도 무신으로 추앙받는 검신 북궁적이었다.

만일 이 일이 없었으면 세상이 그토록 쉽게 혈마, 아니, 혈황의 손에 무너지지 않았을 것이다. 마치 어부지리를 노린 듯, 이 모든 일이 끝난 뒤에야 나타나 거의 세상을 다 집어삼킬 수 있었던 것이다.

결국 자미성의 후인인 건곤무제에게 걸려 그 또한 무산되고 말았지만.

놀라운 건 이제 그 자미성의 후인이란 자가 천살성이 되어 세상을 멸하려 하고 있었다.

꿍문에게는 두 번 다시 겪고 싶지 않은 악몽의 시작이었다.

"으음."

이제껏 한순간도 제 위치를 잃지 않던 꿍문조차 앓는 듯한 신음 소리를 흘렸다.

그만큼 이 순간 유장천의 전신에서 느껴지는 몸서리처지는 마기는 사람이 어찌해 볼 수 있는 수준이 아니었다.

저벅.

유장천이 걸음을 떼었다.

저벅.

반대로 꿍문이 뒤로 한 발 물러났다.

저벅. 저벅.

그렇게 둘은 한 사람은 나서고, 또 한 사람은 뒷걸음질 치는 그런 풍경을 만들어냈다.

하지만 앞으로 나서는 자보다 물러나는 자가 빠를 수 없어 굳이 뛰거나 하늘을 날지 않았음에도 빠르게 좁혀지고 있었다.

왠지 이 이후의 상황이 싫어도 자꾸 연상되었다.

철무극과 사마결의 뒤를 이어 꿍문도 끔찍한 비명 속

에 최후를 맞이할 것 같았다. 불행히도 이 순간 그를 구해줄 같은 동문들은 손이 닿지 않은 운교 저편에 있었다.

물론, 소리쳐 그들을 부르면 어찌어찌 도움을 받을 수도 있겠지만 굉문은 잘 알았다. 그건 도움이 아니라 제죽음에 또 다른 자를 끌어들이는 것과 다르지 않았다.

그래서 차라리 더 늦기 전에 한 가지 일을 마무리 지으려 했다. 아니, 그럴려고 할 때였다.

"주군!"

그보다 먼저 한 사람이 나서 둘 사이에 끼어들었다. 이제나 저제나 어떻게 하면 이 모든 걸 본래대로 되돌릴 수 있을까 노심초사하던 심옥당이었다.

그는 누구보다 당당히 유장천 앞을 가로막았다. 그후, 절대 사람들이 생각하는 끔찍한 일은 저지르지 않게하겠다는 듯 양팔을 활짝 벌렸다.

하지만 유장천은 심옥당의 그런 비장한 결심 앞에서도여전히 거리를 좁혀오고 있었다. 아니, 오히려 굉문이아닌 심옥당을 목표로 시선을 떼지 않았다.

"시, 심 시주. 물러나시오. 저자는 이미……."

"제 주군입니다. 결코 이대로 물러날 수 없습니다. 그러니 부디 장문인께서도 조금만 기다려 주십시오. 제가 어떻게든 주군을 본래대로 돌려놓겠으니, 운교를 끊으려던 그 일을 잠시만 보류해 주십시오."

"……!"

굉문은 심옥당이 제 의도를 알았다는 것에 잠시 놀랐다. 어쨌든 유장천을 막아야 한다는 심산이었지만, 더불어 심옥당마저 함께 이곳에 고립시키는 일이었음에도.

그래서 불호를 외우며 차분히 그 마음을 달래갔다.

"아미타불. 하지만 조금이라도 실패할 것 같으면 바로 그 일을 벌일 것이오. 여기 있는 두 사람의 목숨을 구하려 천하창생을 도탄에 빠트리는 일을 벌일 순 없소."

"예. 그때는 대사께서 늦지 않게 그렇게 해주십시오. 최소 영웅의 후예가 세상을 멸할 악마가 되지 않게 만들어주십시오."

"음……."

너무도 비장해 굉문은 쉽게 입이 떨어지지 않았다.

'도대체 이 둘에게 무슨 일이 있었기에…… 소문에 비오서는 자기 자신밖에 모르는 독불장군이라 들었건만. 아미타불.'

이 후, 굉문은 또다시 방관자가 되어 가만히 둘을 지켜보았다.

그리고 마침내 유장천이 손만 뻗으면 언제든 심옥당의 목을 부러트릴 정도로 가까이 왔다.

그와 때를 맞춰 심옥당의 비장한 음성이 또다시 장내에 울렸다.

"주군. 정신 차리십시오. 주군은 예서 애들처럼 생떼나 부리고 있을 분이 아니지 않습니까? 뒤끝이 길긴 해도 최소 적어도 먼저 상대를 해하는 그런 분은 아니지 않습니까?"

그러나 유장천은 이 말이 들리는지 안 들리는지 가만히 심옥당의 모습만 지켜보고 있었다.

그래서 계속해서 심옥당만 떠들었다.

"그런 분이 어찌 어울리지 않는 희대의 살인마가 되시려 하십니까? 설마 여기 있는 저도 모자라 당문도, 또 당정청 소저도, 그 이후에는 서문세가, 개방, 곤륜파마저 다 이 세상에서 없애 버리기라도 할 것입니까?"

"……."

처음이었다. 이제껏 어떤 말에도 반응을 보이지 않던 유장천이 당정청에서 크게 눈을 떨더니, 이어진 서문세가니 개방, 곤륜이란 말에 눈에 띄게 흔들리는 모습을 보였다.

'아…… 아직 기회는 있다.'

유장천의 이런 변화에 심옥당은 더욱 자신감을 얻으며 말을 이어 갔다.

"만일 이렇게 되면 당문도 최후의 수단을 쓸 수밖에 없습니다."

이후는 밝혀지지 않아야 할 비밀이라 심옥당은 전음을 사용했다.

[반드시 독강시가 된 당. 철. 엽. 그분의 시신으로 주군의 앞을 막을 것입니다. 그들 또한 누구보다 주군이 악마가 되는 걸 반기지 않을 테니까요.]

심옥당은 일부러 당철엽이라는 이름을 강조했다.

"……!"

확실히 그렇게 한 효과가 있었다. 순간 유장천이 경직된 반응을 보였다. 거기에 마치 괴로운지 점점 미간이 좁혀지고 있었다.

"큭!"

끝내 뒤틀린 신음 소리가 그의 입에서 새어 나왔다.

'가능하다. 주군을 되돌리는 게 가능…….'

"큭!"

그러나 심옥당의 바람은 내뻗는 유장천의 손에 가로막

히고 있었다.

그의 목이 단단히 유장천의 손에 틀어 잡혔다. 그 후, 더는 쓸데없는 소리를 나불거리지 못하겠다는 듯 서서히 조여갔다.

"컥! 주, 주군! 주군! 컥! 컥!"

고통에 심옥당이 몸을 떨었다. 목이 잡히며 허공 높이 들려진 상태라 그 모습이 무척이나 애처로워 보였다.

"심 시주!"

안 되겠다 싶어 굉문이 몸을 날릴 때였다.

쐐애애애액!

느닷없이 운룡이 날아와 허공에 뜬 채 굉문의 앞을 막아섰다. 꼭 이렇게 말하는 것 같았다.

"허튼짓 하면 네 몸을 꿰뚫을 것이다!"

그래서 굉문은 쉬이 몸을 움직이지 못했다. 두렵다기보다는 혹여 유장천을 더욱 자극해 심옥당이 당장 숨이라도 끊어질까 하는 걱정 때문이었다.

"컥! 컥!"

그 순간에도 여전히 심옥당은 고통에 몸부림치고 있었

다. 하지만 그렇다고 두 눈에 서린 집념마저 사라진 것
은 아니었다.

"주, 주군! 컥! 절 죽이신다 해도 제 뜨, 뜻은 꺾으실
수 없을 것입니다! 크흑! 저는 주군을 혈황과 같은 인간
으로 만들 수 없습니다!"

마지막 말은 거의 모든 힘을 다 쏟아내 내뱉은 말이라
잡힌 목과 무관하게 유장천의 귀를 파고들었다.

"······."

거짓말처럼 심옥당의 목을 조여오는 손에서 조금씩 힘
이 빠져갔다. 더불어 이제와는 확연히 다르게 유장천의
눈에 이지라는 빛이 보이기 시작했다.

'혀, 혈황과 같은 인간이라고? 내가 그 씹어먹어도
시원찮을 개자식과?'

유장천이 이 생각을 반복하면 반복할수록 두 눈에서
뿜어지는 이지의 빛도 점점 강해져 갔다.

털썩.

끝내 심옥당의 목을 잡았던 손을 놓고, 이번에는 제
머리를 감싸 쥐었다.

"으아아아악!"

고통에 유장천이 괴로운 신음을 토해냈다.

물리적인 힘보다 더 강한 상대의 진심이 이성과 광기의 충돌을 야기시킨 것이다.

"으윽! 욱!"

유장천은 견디기 힘든지 무릎을 꿇은 채 계속 고통을 호소해댔다.

그럴 때마다 유장천의 얼굴을 뒤덮고 있는 검은 선들이 자라고 줄어들기를 반복하고 있었다. 보고 있으면 꽤나 재미있을 광경이지만, 당사자에게 이 순간이 앞으로의 운명을 결정짓는 가장 중요한 때였다.

'나는…… 나는…….'

"으아아아악!"

이성과 광기의 충돌이 심하면 심할수록 그 고통은 고스란히 유장천에게 돌아갔다. 더는 견디지 못하고, 유장천이 바닥을 구르기 시작했다.

운룡도 거기에 이끌려 힘이 빠진 듯 쓸쓸히 바닥에 떨어졌다.

그야말로 마음만 먹으면 유장천의 숨통을 끊을 수 있을 정도로 너무나 무방비했다.

"장문인. 부디 지켜봐 주십시오. 주군은 반드시 신지를 되찾을 것입니다."

꼭 꿍문이 그런 일이라도 벌일까 심옥당이 이 말을 내
뱉었다.

"아미타불."

꿍문은 마치 제 속이라도 들킨 것 같았다. 부끄럽게도
실제로 그런 마음을 품었기 때문이다.

그래서 심옥당처럼 그도 믿는 마음을 갖고 유장천은
지켜보기로 했다.

하지만 여전히 이성과 광기의 싸움은 한 치의 물러남
이 없었다.

그렇게 고통은 인간을 나약하게 또, 그런 마음이 간절
히 누군가를 찾게 만들었다.

"크윽. 하, 항아…… 우우욱!"

비명에 섞여 끝내 소중한 한 사람의 이름이 흘러나왔다.

구원이고, 어둠뿐인 긴 통로를 빠져나갈 수 있는 유일
한 횃불이었다.

'그래. 나는 무슨 일이 있어도 항아에게 돌아가야만
한다. 이대로 여기서 그 빌어먹을 개자식 같은 오명을
뒤집어쓸 수 없다.'

더욱 이지를 돌리는 일에 박차를 가하려 유장천이 혀
를 깨물었다.

비릿한 혈향이 입안 가득 맴돌고, 육체적 고통이 가져온 또 다른 자극에 팽팽하던 싸움이 점점 한쪽으로 기울기 시작했다.

자라나고 줄어들기를 거듭하던 검은 선들이 끝내 유장천의 미간으로 다시 빨려들기 시작했다.

종국에는 아무것도 없는 것처럼 흔적도 없이 사라지고, 심신이 모두 풀어진 채 유장천이 거친 숨을 쏟아냈다.

"허억! 허억!"

"주군!"

확연히 달라진 유장천의 모습에 심옥당이 참지 못하고 그를 불렀다.

"머, 멈춰! 사내에게 안기는 일은 절대 사양이니까."

그 순간 그토록 기다렸다는 유장천의 한마디가 흘러나왔다.

심옥당은 왠지 눈물이 핑 도는 기분이었다.

"누가 그런답니까? 주군이 이보다 더한 일을 겪더라도 절대 그런 일은 없을 것입니다."

"좋아. 그 말 변치마."

오고 가는 대화 속에 둘은 빠르게 조금 전의 악몽을 잊어갈 수 있었다.

"휴우……."

마침내 유장천이 긴 한숨과 함께 몸을 일으켰다.

세 번의 싸움을 치른 것보다 이번에 치른 단 한 번의
싸움이 그를 가장 엉망으로 만들었다. 더렵혀진 의복에
흐트러진 머리, 그 와중에 바닥을 손톱으로 긁기라도 했
는지 피가 맺혀 있었다.

"어찌 패해 숨이 끊어진 자들보다 더한 몰골입니다."

"그러는 네놈은 뭐가 나아서? 싸움도 안 한 놈이 목
이 시푸르뎅뎅……."

하지만 유장천은 곧 그 일을 자신이 했다는 것을 깨닫
고 말을 잇지 못했다.

"이것 말입니까?"

스윽하고 심옥당이 제 목을 훑으며 말을 이었다.

"얻은 것에 비해선 가히 치르지 않았다 할 정도의 대
가입니다."

'그래. 그래서 나도 네놈 한 번 날 잡기로 한 거 포기다.'

하지만 유장천은 이 말은 생각으로만 끝냈다.

제 의지와 무관하게 지옥과 천당을 오고 갈 뻔했던 심
옥당은 쉬이 기쁨을 감추지 못했다.

"주군. 다시 본래대로 돌아온 걸 축하드립니다."

"축하는 무슨……."

"그렇지요? 사실 저도 그 정도까지는 아니라 생각했는데, 주군도 그리 생각한다니 백가지 불행 중 한 가지 다행이라 생각하고 있습니다."

'이 자식이…….'

너무나 빠른 안면 바꾸기라 반대로 유장천의 얼굴이 와락 구겨졌다.

그 모습을 보며 심옥당이 빙글빙글 미소 짓고 있었다. 왠지 괜찮다고 그러면서 목을 부러트릴 뻔했던 일을 복수한 듯싶었다.

'으득. 조금 전에 그냥 미친 척 콱 힘을 주는 거였는데.'

때늦은 후회가 일었지만 어차피 엎질러진 물이었다. 그보다는 지금 처한 현실이 더 큰 문제였다.

그 순간 대충 상황이 마무리되었다 여긴 굉문이 둘 사이에 끼어들었다.

"아무래도 우리들 사이엔 긴 대화가 필요할 것 같소. 그 결과에 따라 유 시주와 빈승의 운명이 갈릴 듯하니."

"좋소. 나도 내 이 운명을 피하고 싶은 생각은 없소."

그 후, 유장천은 떨어트린 운룡을 수거하려 그곳으로 걸어갔다.

그제야 자신의 손에 끝장난 둘의 모습이 보였다.

정말 한 곳의 일인자와 이인자에 어울리듯 똑 같은 최후를 맞았다. 둘 다 가슴에 피를 흘린 채 싸늘한 시체가 되어 있었다.

'다 네놈들이 불러온 업이고 대가다. 난 그저 거기에 육신을 빌려준 것뿐.'

그래서 조금도 동정하는 마음이 일지 않았다. 처음대로 운룡을 수거해 다시 두 사람에게 돌아갔다.

그걸 기다렸다는 듯 굉문이 다시 입을 열었다.

"뒤처리는 처음 약속한 대로 본사가 맡겠소. 그러니 우리는 조금 전 말한 대로 장소를 옮겨 향후의 일을 논합시다."

"앞장서시오."

그렇게 굉문이 앞장을 서고, 그 뒤를 유장천이 따랐다.

떠나기 전, 심옥당이 싸움의 현장을 둘러보니 가히 초토화란 말이 부족할 정도로 엉망으로 화한 상태였다. 땅 곳곳이 파이고, 뒤집혀 본래대로 고르는 일도 만만치 않을 듯 보였다.

'그래도 이걸로 사천은 더는 야수궁의 위협을 받지 않아도 될 것이다. 그것이 바로 당신들의 죽음이 가져온

가장 큰 보상이다.'

이 말을 둘에 대한 작별 인사로 남기고 심옥당 먼저 운교를 건너는 그 둘을 따라 운선암을 벗어났다.

❖

운선암을 떠난 유장천들은 처음 그들이 만났던 청객당의 심처로 돌아왔다.

그사이 굉문은 운교의 입구를 지키던 사천왕들에게 뒷수습을 부탁했다.

그들은 간간이 바람결에 실려 오는 폭음과 고함은 들었어도 직접 눈으로 본 것은 아니기에 유장천에 대한 그어떤 경계심도 갖지 않았었다.

어쨌든 장소를 옮긴 세 사람은 처음보다 더한 보안 속에서 이야기를 나눠났다.

지금 밖은 굉문에 의해 오게 된 아미삼십삼천 중 열둘에 의해 철통같이 보호되고 있었다. 참고로 아미삼십삼천은 소림의 십팔나한과 비슷한 자들이다.

주인 된 입장에서 굉문이 먼저 운을 뗐다.

"아미타불. 어쨌든 비무에서의 승리는 축하드리오. 이

로서 사천을 뒤흔들던 잡음은 많이 사라질 듯하오. 그
중심이 되는 야수궁이 졸지에 궁주와 부궁주를 잃었으
니, 그들도 당문간은 자중할 테니 말이오."

"아닐 것이오."

유장천이 고개를 저었다.

"무슨?"

"먼저 떠난 두 늙은이가 절대 그걸 두고 보지 않을 것
이오. 분명 그들은 호랑이가 없어진 무주공산을 제 것으
로 만들려 할 것이오. 애초 그럴 마음인지 둘은 나와의
비무에서 절대 그 능력을 다 보여주지 않았소."

"……!"

꾕문과 심옥당 모두 놀란 반응을 보였다. 그들은 직접
그들을 상대한 자가 아니기에 설마 이 안에 그런 속사정
이 있을지 몰랐다.

"설마 그런 속사정이 있었다니, 어쩌면 이 일로 사천
이 더 시끄러워질지도 모르겠소. 통제되지 않은 그 힘이
어디로 튈지. 아미타불."

걱정된다는 듯 꾕문이 침통함을 드러냈다. 하지만 진
짜 걱정은 이게 아니라는 듯 바로 표정을 진지하게 바꾸
었다.

"유 시주."

"말하시오."

"이대로 다시 운무곡으로 돌아가 평생 그곳에서 나오지 않을 생각은 없소?"

어찌 보면 축객령보다 더한 칩거령이었다.

유장천의 표정이 좋을 수 없었다.

"설마 내가 그런 모습을 보였기 때문이오?"

"맞소. 사실 빈승은 이해가 안 가오. 어찌 자미성의 기운을 타고난 검신의 후예에게 천살성의 저주가 드리워졌는지. 아무리 한 치 앞을 내다볼 수 없는 게 인생사라지만 너무도 복잡한 심정이오."

"하지만 난 돌아갈 생각이 없소."

"유 시주!"

너무도 단호해 되묻는 굉문도 그 못지않게 언성을 높였다.

하지만 유장천은 조금도 타협할 기미를 주지 않았다. 오히려 굉문의 속을 뒤집는 말을 곁들였다.

"정 원하면 힘으로 날 누르던가 하시오. 아니라면 세상 어느 누구도 내 뜻을 꺾을 수 없소."

"좋소. 정 뜻이 그렇다면 일단 그 이야기는 뒤로 미루

고, 유 시주는 자신에게 내려진 그 저주에 대해 얼마나
알고 있소?"

"모르오. 과거 이 때문에 사부께서도 날 혹독히 대했
는지 모르지만, 그 실체에 대해서는 한 번도 말해준 적
이 없기 때문이오."

사람들은 이 말에 잠시 고개를 갸웃했다. 하지만 유가
에서 혈육이라도 사부라 확실히 선을 긋는다 여겨 더는
생각지 않았다.

대신 모른다는 말에 다시 한 번 이 모든 걸 일깨울 듯
굉문이 설명을 하기 시작했다.

"허면 모른다니 빈승이 대신 말해드리겠소. 하늘의 뜻
인지 아니면 우연인지, 천살성의 저주는 이제껏 백 년을
주기로 세상에 모습을 드러냈소. 그리고 이는 곧 수백
년간 이어진 마교의 준동과 그 뿌리를 함께하오."

이렇게 시작된 굉문의 이야기는 그랬다

천살성의 시작은 한참을 거슬러 마교의 초대교주 제일
대 천마에 다다른다. 이에 대해서는 가히 설명이 필요
없을 정도로 정파의 빛과 같은 달마와 비견되곤 했었다.

그렇게 백 년마다 마교에서는 세상을 깜짝 놀라게 할
마인들을 배출했는데, 그가 바로 천살성의 기운을 타고

난 자들이었다.

다행인 건 그럴 때마다 하늘의 이치인지 자미성의 기운을 타고난 자들이 모습을 드러냈다는 것이다.

처음에는 일대 천마에 맞서 달마가, 가장 가까운 백년 전에는 유장천의 사부 북궁적이 그 역할을 맡았다.

당연히 마교는 또다시 세상을 집어삼킬 야욕이 분산된 채 음지로 스며들 수밖에 없었다.

"불행히도 올해가 바로 그 저주받은 일이 벌어지는 백년째 되는 해요. 그리고 여지없이 천살성의 기운을 타고난 유 시주가 나타났소. 놀라운 건 마교의 후예가 아닌 그 마교를 막았던 검신의 후예로 나타났단 것이오."

굉문의 말처럼 확실히 이는 충격적인 일이었다.

일각에서는 천살성을 마교의 어떤 역천수법에 의해 만들어지는 존재라 했었다. 당연히 마교에서밖에 그 존재가 나올 수 없는 것이 중론이었다.

그런데 놀랍게도 마교가 아닌 검신의 후예가 이 저주받은 기운을 타고 나타났다.

"그래선지 유 시주는 역대 내가 알고 있는 천살성을 타고난 자들과는 다르오. 아마 시주가 자미성을 타고난 검신의 후예여서 그런지 모르겠소. 하지만!"

꿍문의 목소리가 더욱 높아졌다.

"그래도 천살성은 천살성이오. 아까 보았다시피 살의
에 미쳐 세상 모든 걸 파괴시킬 수밖에 없는 저주받은
운명이란 말이오. 그러니 그 운명에 휩쓸리지 않으려면
이대로 싸움과는 무관하게 살아가시오. 그것만이 천살성
의 기운에 지배당하지 않은 유일한 방법이오!"

꿍문은 유장천이 평소에는 본색을 유지하다가 싸움을
벌이고, 또 그 끝에 천살성의 진한 살의에 물든다고 생
각했다. 그래서 일부러 싸움을 피할 수 있는 칩거 생활
을 제안한 것이다.

하지만 유장천에게도 하지만이 있었다.

"하지만 내 조금 전에도 말했다시피 전혀 그럴 생각이
없소. 내 눈으로 직접 한 인간의 죽음을 확인하지 않고
선 절대 운무곡으로 돌아가지 않을 것이오."

유장천의 결심 또한 조금도 달라진 것이 없었다. 단
하나 마음에 걸리는 것이 초항아였지만, 불행인지 다행
인지 이곳과 곡의 시간은 다르게 흘렀다.

이곳에서 몇 년을 보내든 그녀가 느끼는 건 단 며칠이
기에 유장천도 그 부분을 충분히 감내할 수 있었다.

"그렇게 되면 조만간 자미성을 타고난 자가 귀하의 앞

을 막아설 것이오. 그 후, 유 시주 또한 역대 천살성을 타고난 그들처럼 똑같은 처지에 놓이고 말 것이오."

일종의 협박 비슷한 굉문의 경고였다.

"훗. 재미있는 소리를 하는군."

그런데도 유장천은 웃었다. 아니, 반대로 그가 이번에 굉문을 향해 경고했다.

"장문인이 뭔가 착각을 해도 단단히 착각하고 있는데, 난 천살성의 기운을 타고난 자가 아니오. 당신네들이 그토록 좋아하는 영웅의 후예이면서 또, 이 순간에도 이토록 입이 아프게 떠들어내는 백 년 전 천살성을 물리친 검신의 후예요. 그러니 괜한 억지 부려 날 묶으려 들지 마시오. 혹 진짜 자미성인가 뭔가 하는 자가 내 앞에 나타나도 결국 그는 천살성과 무관하게 건곤마제의 이름 아래 무릎을 꿇을 테니."

'건곤마제…… 설마 거침없이 제 별호에 마라는 글자까지 붙였단 말인가?'

문득 굉문은 천살성이 검신의 후예에게 나타난 이유가 유장천의 이런 성격 때문은 아닌가 했다.

"제가 한마디만 하겠습니다."

그때까지 말이 없던 심옥당이 처음으로 둘 사이에 끼

234

어들었다.

"너 또한 나 보고 돌아가라 할 생각이라면 그만두어라. 그랬다간 정말 그 순간 바로 연을 끊어 버릴 테니."

"섭섭하게, 정말 이제 그 툭하면 연을 끊어 버린단 말 좀 그만하십시오. 그러니 자꾸 장문인께서도 못 미더워 돌아가니 마니 하는 것 아닙니까?"

"뭐?"

이렇듯 평소의 방식으로 일단 유장천의 입을 막은 심옥당이 굉문을 상대했다.

"장문인."

"말씀하시오. 심 시주."

"이제까지 장문인께서 천살성에 대해 말씀을 하셨는데 그렇다면 천살성을 여기 있는 누구보다 잘 안다 여기고 묻겠습니다. '

"그렇게 하시오."

"그럼 묻겠습니다. 장문인. 비무 당시 마귀노효 천살멸세라 했는데, 그 정확한 의미는 무엇입니까?"

"말 그대로요. 천살성을 타고난 이들은 살의에 물들면 얼굴에 마귀 형상이 떠오르는데, 그렇게 되면 세상을 멸하지 않고서는 절대 멈추지 않기에 그런 말이 붙었다 들었소."

"그렇군요. 그래서 오늘 직접 본 소감은 어떠셨습니까?"

"……!"

순간 굉문이 마치 무언가에라도 한 대 맞은 듯한 얼굴을 했다.

그걸 기다린 듯 심옥당이 진한 미소를 지었다.

"직접 보았다시피 주군은 장문인의 말처럼 얼굴에 마귀 형상이 떠올랐었습니다. 하지만 무슨 일인지 세상은 멀쩡히 돌아가고 있군요. 과연 이게 무얼 의미하겠습니까?"

"심 시주. 말로 사람을 들었다 놨다 하는 재간이 꽤 대단하오."

"하하. 여기 있는 분들보다 여러 면에서 떨어지는 저이다 보니 이런 능력이라도 하나 갖고 있어야겠지요. 무례하게 느껴졌다면 용서해 주시고, 지금은 일단 제가 물은 질문에 답부터 해주십시오."

"음……."

하지만 바로 대답할 수 없는지 굉문이 침음을 삼켰다. 그러고도 꽤 여유를 두고 나서야 이을 열었다.

"시주 말대로요. 유 시주는 뭔가 달라도 다르오. 허나 그가 천살성을 타고난 사실에 대해서는 부정할 수 없소이다."

"그럼 또 한 번 묻겠습니다. 호랑이의 새끼는 어차피 인간을 물어죽일지도 모르는 호랑이니, 그저 보이면 보이는 대로 죽여야 할까요? 그럼 곰은? 늑대는? 인간으로 치면 살인자의 자식은? 이들을 다 그럴지도 모른다는 이유 하나만으로 죽이는 것도 맞다고 보는 겁니까?"

"아미타불."

참지 못하고 결국 굉문이 불호를 내뱉었다.

불가에서는 씻을 수 없는 대죄는 없다고 했다. 고개를 돌리면 피안이라고. 불교의 여러 보살이나 부처들 중에는 본래 마귀나 나찰로 여겨지던 존재들이 많았다.

그런 모두를 부처께서 설법으로 감복시키지 않으시고 다 죽였으면 어떻게 되었을까? 지금의 불교가 과연 대자대비라는 말을 입에 달고 살 수 있을까?

한참을 굉문은 뭐라 말을 못하고, 불호도 모자라 경을 읊어댔다.

그 후, 어느 정도 차분해진 신색으로 다시 입을 열었다.

"좋소. 심 시주께서 일부러 부처의 대자대비까지 들고 왔으니, 불제자인 빈승도 더는 고집을 부리지 않겠소. 이번 일은 그대로 넘어가겠소. 하지만 만일 오늘의 이 결정으로 천하가 난세에 빠진다면, 아미는 전 제자 모두가 숨이 끊길 때까지 유 시주의 앞을 막아설 것이오."

"주군. 장문인의 뜻이 이렇다는데 주군은 어떠십니까?"

"흥. 억지스럽긴 해도 그렇게 하겠다면, 나 또한 보답의 의미로 확실히 역대 천살성을 타고난 그 인간들과 다르다는 걸 보여주지."

"그렇다는군요."

심옥당이 중간에서 요리저리 말을 전했다.

결국 그의 이런 눈물겨운 노력 던인지, 한순간 천하를 들끓게 만들 뻔했던 천살성 문제는 잠시 덮는 수준으로 일단락되었다.

그러나 그렇다고 그 여운까지 사라진 것은 아니다. 굉문의 가슴 한구석에는 지금도 여전히 이 일에 대한 의구심이 일고 있었다. 때문에 굉문은 이 자리에서 말을 하지 않았지만, 이 일을 자신들보다 좀 더 확실히 매듭지을 수 있는 곳의 도움을 받기로 했다.

어쨌든 이렇게 요 며칠 사천을 뒤흔들고, 또 천하마저 관심을 불러일으키게 만든 일이 막을 내렸다.

❖

"아미타불. 조만간 오늘 일에 대한 결과가 아미의 이름으로 천하에 퍼져 나갈 것이오. 이것으로 유 시주는 당당히 십패주의 한 사람을 꺾은 자로 천하인들에게 여겨질 것이오."

마치 이별 선물처럼 복호산을 떠나는 유장천과 심옥당에게 들려준 굉문의 작별 인사였다.

"주군. 천하도 이걸로 더는 주군이 말뿐이 아닌 사람이라 알게 되겠군요."

"천하가 아닌 네놈이겠지."

"뭐 그거면 어떻고 아니면 또 어떻습니까? 어차피 저도 천하에 속한 사람 중 하나인데요."

"으득. 말이라도 못하면."

"너무 그러지 마십시오. 덕분에 뒷탈없이 마무리까지 확실히 짓지 않았습니까?"

"훗. 과연 그럴까?"

이제와 달리 유장천이 조금 여유로운 태도를 보였다.

"허면 주군은 아니라고 보십니까?"

"물론, 그렇게 보면 그렇게 보는 놈이 바보인 게지."

"음……."

"불행히도 내가 경험한 바로는 정파란 인간들의 속내는 한결같았다. 천하를 위해, 또, 정의구현을 위해. 요사이 이걸로 이름을 날리는 일야인가 뭔가 하는 늙은이와 비슷한 마음뿐이지. 그런 그들이 과연 이런 엄청난 일을 자기 혼자만 품고 있을까? 분명 다른 곳에도 알리고 그 의견을 구할 것이다."

"주군은 정말 그렇게 될 거라 확정하시는군요."

"당연하지. 내가 너무 강하니까. 한 사람이 다시 살아 돌아오지 않는 이상 어느 누구도 내 앞을 막을 수 없으니 말이야."

"……."

심옥당은 한순간 아미산 내가 아닌 꼭 북해의 얼음바다라도 걷는 것 같았다. 스멀스멀 돋아나는 두드러기가 그걸 입증하고 있었다.

하지만 평소처럼 바로 이를 받아치지 못했다.

정말 이 말대로 유장천은 강했다. 직접 눈으로 보고 난 후에 얻은 결론이라…… 제 입으로 그 말만 하지 않았다면 몸서리조차 치지 않았을 것이다.

물론 이조차 후끈 날씨에 금세 사라지고 말았지만…….

8
일절도회과거(一切都會過去)

한 사람의 이름이 천하인들의 뇌리에 단단히 각인되는 사건이 벌어졌다.

뭐 시작부터 꽤나 사람들의 관심을 불러일으켰으니 이미 그전부터 그것은 시작된 것이나 마찬가지였지만.

어쨌든 이 모든 일의 결과가 예상 밖도 너무나 예상 밖으로 나오고 말았다.

다른 자도 아닌 야수궁 최고 고수인 궁주와 차순으로 인정받는 삼대봉공 중 둘이었다. 이들을 하나씩 또, 날짜를 두고 상대하는 것이 아닌 하루에 전부 상대한다는 것이 이번 일의 골자였다.

아무리 그 일을 행하는 자가 건곤무제의 후예라도 제 정신이냐는 말들이 나올 수밖에 없었다. 건곤무제 당사자라면 모를까. 후인이라면 아직 삼십도 채 안 되었을 텐데. 해보나 마나 아니냐는 말들이 쏟아졌다.

물론, 건곤무제가 혈황의 난을 잠재웠을 당시 나이가 아마 이십 중반쯤이었을 것이다.

하지만 선조가 뛰어나도 꼭 그 후인까지 뛰어나란 법은 없었다.

그건 무학대종사 달마나 장삼풍을 시조로 둔 소림과 무당의 경우만 봐도 알 수 있었다. 분명 그들이 오랜 무림사 한결같이 태산북두로 인정받아 온 것은 사실이었다. 하지만 그런 그들도 끝내 혈황의 손에서 천하를 구해내지 못했다.

오히려 반대로 혈황에게 농락당하다 뒤늦게 나타난 건곤무제에게 구원을 받은 입장이었다.

이런 이유로 사람들은 아무리 건곤무제의 후예라도 이번 대결은 무리라고 떠들어댔다. 반면 여전히 현 무림의 정점이랄 수 있는 십패에 속한 소림과 무당의 저력을 빗대어 속단할 일이 아니라고도 했다.

하지만 무리라는 사람에 비해 아니라는 자들이 현저히

적은 것 또한 사실이었다.

당연히 야수궁의 승리가 거의 기정사실처럼 여겨졌었는데, 그것이 한순간에 뒤집어져 버린 것이다. 분명 이 사실을 밝힌 이가 아미파였으니 결코 장난이 아니리라.

이 일로 천하는 영웅의 후예로 기억하던 한 사람을 꼬리표를 떼어 버리고 그 사람 자체만으로 기억하기 시작했다.

유장천.

과거 천하를 구해낸 영웅과 이름마저 같은 존재.

그래서 괜한 억측을 만들어내긴 했지만, 이름 앞에 붙는 별호로 억측은 억측으로만 끝났다.

건곤마제.

이로 인해 어찌 영웅의 후예가 별호에 마를 붙일 수 있느냐 또 한 번 의견을 분분케 했지만, 악양에 세워진 비석이 거짓이 아님을 입증하고, 뒤이어 어디선가 흘러나온 '그는 영웅이라기 보다는 악당이다.' 란 말에 결코 동명이인 이상으로 보지 않았다.

그래서 천하는 건곤마제라는 새로운 고수의 등장에 우려 반, 호기심 반의 눈으로 지켜보기 시작했다.

'으구. 뒤통수 근질거려 걸음을 못 걷겠군.'

결국 유장천은 포기하고 이런 일을 야기한 한 사람을 바라보았다.

"왜 자꾸 사람 뒤통수를 뚫어져라 쳐다보는 거야?"

"예? 허참. 엄한 사람 잡지 마십시오. 주군이 앞장서고 제가 뒤에 섰는데. 그럼 저보고 땅이나 하늘을 보고 걸으란 말입니까? 무슨 사람 눈이 턱이나 정수리에 달린 것도 아니고."

심옥당은 괜히 생사람 잡지 말라는 식으로 오히려 역정 아닌 역정을 냈다.

그러나 어찌 유장천이 저 능구렁이 같은 심옥당의 속을 모를까?

현재 그들은 아미산을 벗어나 관도를 따라 성도를 향해 나아가고 있는 중이었다.

이유는 한 가지였다. 일단 그간 유장천이 미뤄온 곤륜행에 본격적으로 오르기 위해 그곳을 다음 행선지로 택한 것이다.

일단 성도는 한 성의 성도답게 이곳저곳으로 통하는 대도를 끼고 있었다. 그렇다 보니 괜히 거리를 단축한답시고, 직선을 나아가는 것보다 조금 돌더라도 그게 더

乾坤無雙

빨라 그렇게 결정을 내리게 되었다.

이 와중에 잠시 혈황지보 문제가 거론되었다. 그러나 크게 신경을 끌지 못한 것은 일단 그 장소로 지목된 해남 오지산이 중원 최남단에 위치해 있기 때문이다.

여기에 한 가지 더 철무극이 죽기 직전 보여준 무공과 또 거기에 관계된 한 사람의 흔적. '공'이란 한 글자밖에 듣지 못했지만, 직접 문제의 무공을 접한 유장천은 혈황지보보다 그쪽에 더 확신을 가졌다.

분명 철무극은 혈령인인가 뭔가 하는 무공이라 했지만, 그건 과거 혈황과 싸울 때 지겹도록 겪어본 혈무마공이었다.

그래서 자연히 그 목적지가 곤륜산이 되었고, 거기에 있는 곤륜파가 향후 이 일을 조사할 근거지로 결정되었다.

곤륜파도 야수궁처럼 그 위치상 중원 무림보다는 변황 무림과 더 빈번한 접촉을 가졌다. 아니, 야수궁보다 더 바깥쪽에 위치해 그 속사정은 더 잘 알 것이다.

그런데도 곤륜파가 중원무림에 속한 것은 선가에 뿌리를 둔 도가문파여서였다. 어쨌든 그 뿌리가 변황보다는 중원에 더 닿아 있어 때에 따라서는 구파일방으로 통하는 정파의 주축에 들기도 했다.

하지만 유장천과 심옥당이 관도에서 툭탁거리기 시작
한 건 이런 이유 때문은 아니었다. 이와는 전혀 다른 성
도에서 얼마 멀지 않은 당문이 문제였다.

"주군. 정말 그들에게 제대로 된 인사도 없이 이대로
떠나실 것입니까?"

"그래. 계집도 아니고, 뭐 만나고 헤어질 때마다 일일
이 작별 인사를 해? 어차피 대결 결과는 그들의 귀에도
들어갔으니, 오지 않으면 알아서 곤륜으로 떠났다 하겠
지. 일전에 내 당문의 일만 해결하면 곤륜으로 갈 거라
했으니 당가주도 크게 신경 쓰지 않을 것이다."

"하지만 당문에 당가주만 있는 것이 아니지 않습니까?"

"그럼 또 누가 있는데? 허면 네 말은 내가 당문 소속
인들 전부에게 일일이 다 작별 인사를 해야 한다 그 말
이냐?"

"참. 이럴 때 보면 주군도 어지간하십니다. 모른다 싶
을 때는 귀신같이 알아채더니, 왜 또 뻔히 아는 일은 애
써 모른 척하십니까?"

"점점 모를 소리만 하는군. 내가 뭘 뻔히 알고, 또 애
써 모른 척한다는 거야?"

"제가 직접 그 이름까지 밝혀야 지금 일에 대해 이실 직고 하시렵니까?"

"몰라. 그보다 내가 전에 그랬지? 내 말에 한 번만 더 토 달았다간 우리 사이 끝이라고."

"으구. 툭하면 협박이지. 알았습니다, 알았어."

이것이 유장천이 뒤통수가 따가워 견디지 못하기 한 식경 전에 나눈 대화였다.

당연히 지금의 불편함도 이것과 연관이 없으려야 없을 수 없었다.

"너 혹시 당 소저에게 뇌물이라도 먹었냐? 어찌 틈만 나면 나를 그녀와 엮지 못해 안달인 것이야?"

"어? 그때 주군도 같이 있지 않았습니까? 분명 제가 당 소저에게 피독단이 든 옥병을 하나도 아닌 두 개를 받았을 때 말입니다."

"……."

딴에는 맞는 말이었다. 실제로 그런 일이 있었으니 결코 되지도 않는 억지는 아니었다.

하지만 어찌 청탁이 빠진 선물을 뇌물이라 부를 수 있을까?

이 부분만큼은 분명 심옥당의 농간임이 분명했지만, 또, 어찌 생각해 보면 심옥당에게도 그렇고, 또, 그녀에게도 제대로 의사 표시를 하지 않은 것도 사실이었다.

"좋아. 자꾸 네가 그런 식으로 나오니, 내 이 자리에서 확실히 밝혀두마. 난 마음에 두고 있는 사람이 있다. 그러니 날 팔자에도 없는 바람둥이로 만들 생각 아니라면 더는 그녀와 엮지 마라."

"진심입니까? 또, 괜히 이 자리를 모면하려는 억지는 아니고?"

"아니라면 내 당장 그 늙은 중의 말을 쫓아 운무곡으로 돌아가지."

'음.'

유장천이 이렇게까지 나오니 심옥당도 더는 자신이 이를 강요할 수 없음을 깨달았다. 내심 해독해 준 것에 대해 어떻게든 당문에게 고마움을 표시하려던 것인데, 아무래도 더는 무리인 듯싶었다.

"알겠습니다. 주군에게 그런 사정이 있다면 저도 더는 이 일을 언급하지 않겠습니다. 대신……."

"대신! 그녀에게도 확실히 밝혀두지. 그래야 너도 마음 깊이 감복하지 않겠느냐?"

유장천이 심옥당보다 먼저 그 부분을 걸고넘어졌다.

'쩝. 이럴 때 보면 영락없이 사람 속을 귀신같이 읽어 내면서.'

그래도 원하던 대로 일이 결정되어 심옥당도 더는 걸 고넘어지지 않았다. 해독해 준 일에 대해 이 정도 했으 면 나름 할 만큼 했다고 자위하며 끝을 냈다.

"예. 정말 그렇게만 해주신다면 저도 제 목을 걸고 두 번 다시 언급 않겠다 약속하겠습니다."

"그럼. 결정되었군. 당문으로 돌아간다."

"예."

이 대화를 끝으로 둘은 걷던 걸 그만두고 경신술을 써 서 관도를 달리기 시작했다.

순식간에 주변 경물이 둘의 뒤로 밀려나며 종국에는 둘을 작은 점으로 만들었다.

유장천의 말처럼 천하를 뒤흔드는 소문이 당문을 그대 로 두고 볼 이유가 없었다. 벌써부터 이 일로 그간 당해 온 일에 대해 야수궁에게 복수를 해야 한단 말들이 내부에서 들끓고 있었다.

하지만 야수궁 문제로 일전에도 둘로 갈라진 것처럼 이번에도 그와 크게 다르지 않았다.

교전을 주장하는 이들은 수장과 부수장을 동시에 잃은 그들의 혼란을 이용하자는 것이고, 반전을 주장하는 자들은 그래도 십패의 한 곳인 야수궁이라고 좀 더 추이를 지켜보자고 했다.

여전히 누가 옳고 그르다를 논하기 어려운 문제였다.

덕분에 당무독은 두통을 거의 지병처럼 달고 살았다.

"휴우. 정말 이젠 힘에 부치는구나, 부쳐."

싫어도 나이 탓을 안 할 수 없었다. 마음 같아선 한시 빨리 가주 위를 다른 누군가에게 물려주고 쉬고 싶었다.

이럴 때는 정말 슬하에 딸 하나만 둔 건이 전과는 다르게 또 너무도 아쉬었다. 아들이라도 있었으면 지금의 고통을 조금이라도 덜 수 있을 텐데.

"내가 너무 그때 성급히 굴지 않았으면 적어도 손자 대에는 기대해 볼 수 있었을 텐데."

시끄러움을 피해 용화정에 혼자 머물러 있으려니 그때의 일이 다시 떠올랐다.

그때는 가문의 문제로, 또, 딸아이의 번민하는 모습으

252

로 결코 아비로서 하지 말아야할 말을 내뱉는 크나큰 실수를 저지른 적이 있었다.

"후에 혼인을 하든 안 하든 상관 않을 테니, 하룻밤만이라도 그 아이를 여자로 있게……."

이에 대해 유장천은 거절보다 더한 말로 거부의 뜻을 표했다.

"아마 앞으로 가주와 난 더는 함께 엮일 일은 없을 것 같소."

결국 이 일로 선대 때부터 이어진 인연마저 끊어트리고 말았다.
'아마 그는 다시는 당문을 찾지 않겠지. 애초 이곳의 일이 마무리는 대로 바로 곤륜으로 떠나려 했으니. 마무리 된 이상, 지금쯤 곤륜을 향해 가고 있겠구나.'
당무독이 막 이런 생각을 할 때였다.
"아버님!"
갑자기 그를 부르는 당정청의 음성이 있었다.

"무슨 일이더냐? 대체 무슨 일이기에 그토록 격앙된 것이냐?"

"아, 그것이 그가 지금 막 본가에 돌아왔습니다. 그래서 서둘러 아버님에게 이 일을 전하러 뛰어오느라."

"그? 아직도 너를 이토록 뛰게 만들 사람이 있……."

여기까지 말하던 당무독은 곧 한 사람을 떠올렸다.

'설마 그가 바로 곤륜으로 떠나지 않고, 본가로 돌아온 것인가?'

정말 그렇다는 듯 당정청이 그에 대해 밝혔다.

"유 대협이 지금 막 아미산에서 돌아왔습니다. 지금 그 일로 본가의 사람들이 그를 환영하고자 정문에 모여든 상태입니다."

이 말에 잠시 당무독이 미간을 찌푸렸지만, 곧 먼저 일어나 용화정 밖으로 향했다.

"가자. 내 직접 눈으로 확인해야겠다."

"예."

그렇게 두 부녀는 서둘러 그가 있을 정문으로 향했다.

❖

웅성웅성.

천하의 당문이 한순간에 시장통으로 변한 것 같았다.

여기저기서 몰려든 자들이 정문을 거의 막다시피 하고 한 사람의 방문을 환영했다.

"유 대협. 어서 오십시오. 승리를 축하드립니다."

"축하드립니다."

"더불어 본가를 곤경에서 구해주어 감사드립니다."

"감사합니다."

대부분의 인사는 이처럼 야수궁주와 벌인 비무에 대한 승리와 또 그로 인해 당문이 야수궁과의 문제에서 자유로워진 일에 대한 감사 인사였다.

[네놈 혹시 미리 나 몰래 당문에 기별이라도 넣었느냐? 어디서 이 많은 사람들이 갑자기…….]

[그런 적 없고, 또, 갑자기도 아닙니다. 보아하니 이제나 저제나 주군이 돌아오길 기다렸던 것 같습니다.]

[나는 분명 당가주에게 돌아오지 않을 거라고 했거늘.]

[그 또한 주군이 돌아오길 간절히 바랐나 보지요. 그랬으니 사람들이 이토록 순식간에 몰려든 게 아니겠습니까?]

[끙.]

유장천은 갑자기 없던 두통마저 생기는 듯했다. 그나

저나 심옥당과 나눈 전음으로도 뾰족한 수를 못 찾기는 마찬가지였다.

그래서 어떻게 이 인의 장벽을 뚫고 나가야만 하는가 했는데 다행히 구원의 손길이 있었다.

"모두 물러나라!"

익숙한 당무독의 호통이 유장천의 귀에도 들려왔다.

가주의 등장에 인파가 순식간에 반으로 갈렸다.

그 사이로 당무독이 모습을 드러냈다. 하지만 막상 사람을 물리쳐 놓고 바로 입을 떼지 않았다. 그저 복잡한 눈으로 유장천의 얼굴만 바라보고 있었다.

'내 이럴 것 같아서 오지 않으려 했던 것인데.'

유장천은 괜히 두통만 더 심해지는 것 같아 먼저 입을 열었다.

"지난 일에 대해 빚을 갚고 싶다면 일단 장소부터 옮깁시다. 그럼 내 그때 일은 깨끗이 잊겠소."

"진정 그래 주겠는가?"

당무독의 표정이 눈에 띄게 확 밝아졌다.

"그건 가주께서 얼마나 늑장을 부리는가에 따라 전부냐 아니냐가 달려 있으니 서두르는 게 좋을 것이오."

"알겠네."

그 후 당무독은 모여 있는 세가 사람들에게 명을 내렸다.

"추후 이 일을 기념하는 연회를 열 것이다. 그때까지는 각자 평소대로 행동하도록 해라!"

"예."

어쨌든 가주의 명이고, 또, 그가 축하연을 약속했기에 사람들이 하나둘 자리를 떠 제자리로 돌아갔다.

덕분에 유장천은 갑갑했던 좀 전의 상황을 떨쳐 버릴 수 있었다.

하지만 그 순간 새로운 갑갑함(?)이 유장천을 반겼다.

"유 대협……."

마치 십 년이나 떨어졌다 만난 사람처럼 상대는 떨리는 눈으로 무언가를 전하고 있었다.

[마무리 잘하십시오.]

격려인지, 놀림인지 심옥당의 전음까지 여기에 합세하자 유장천은 턱 막히는 기분이었다.

'대체 내가 뭘 했다고. 입술이라도 훔쳤어? 아니면 손이라도 잡았어?'

아니, 정말 그랬다간 제대로 코 꿰일지도 모른단 생각에 유장천은 확실히 마음을 정했다.

"그렇지 않아도 내가 당 소저에게 할 말이 있소. 지금은 그렇고, 후에 시간을 내주겠소?"

"예? 예. 하오면 제 거처에서 기다릴게요."

둘만 따로 만나자는 말에 어딘가 당정청이 잔뜩 흥분한 기색이다.

때문에 유장천은 강하게 먹었던 마음이 잠시 흔들리긴 했지만 그렇다고 무너트리진 않았다. 이보다는 이번 일을 겪으며 알게 된 야수궁의 사정을 전하는 것이 급선무였다

"가주. 따로 이야기를 나누고 싶소만."

"그렇게 하세. 축하연이 시작되려면 아직 어느 정도 시간 여유가 있으니."

당무독이 허락하자 유장천은 이번에는 바로 심옥당을 상대했다.

"옥당. 너까지 따라올 필요가 없으니, 그동안은 여독이나 풀고 있거라."

"예."

"가주. 장소를 옮깁시다."

"그러세. 청아, 네가 심 공자를 처소까지 안내해 주어라."

"네. 아버님."

이 후 유장천과 당무독은 심옥당과 당정청 둘만 남겨

놓고 이제는 거의 공식적인 밀담 장소가 되어 버린 용화
정으로 향했다.

하지만 남은 두 사람은 바로 다른 장소로 이동하지 못
했다. 그때까지도 당정청이 계속 멀어지는 유장천을 바
라보고 있었기 때문이다.

곁에서 그걸 지켜보고 있자니 심옥당은 왠지 가슴 한
구석이 바늘로 찌르는 듯했다.

'아직 주군이 이야기를 꺼낸 것도 아니고. 어느 정도
마음의 준비가 되어 있다면 충격이 덜하겠지.'

그래서 은근슬쩍 유장천에게 들었던 이야기를 흘렸다.

"오늘 유난히 주군이 서두르는 것이 혹 고향에서 기다
리는 정인 생각에 마음이 급해지셨나?"

귀를 기울이지 않으면 무심코 흘리기 쉬운 혼잣말이었
다. 하지만 당정청은 마치 귀에 대고 소리라도 친 것처
럼 잔뜩 경직된 얼굴로 그를 돌아보았다.

"시, 심 공자. 지금 뭐라고 하셨는지……?"

애써 감추려던 마음이 결국 드러나고 말았다.

하지만 심옥당은 일부러 모른 척했다.

"뭐가 말이오?"

"지금 방금 유 대협에게 고향에서 기다리는 정인이 있

다고."

"아, 일전에 그런 말을 한 적 있었는데, 내가 무심코 그 말을 꺼냈나 보구려."

"자세히 좀…… 자세히 좀 들려주실 수 없는가요?"

"흠. 사실 본인도 자세히 들은 것은 아니요. 다만 지금 처럼 지나가는 말로 들었는데, 분명 농담은 아닌 듯했소."

"아……."

당정청이 꼭 어깨에 무거운 돌덩이라도 짊어진 것처럼 다리를 휘청했다.

심옥당은 왠지 안쓰러워 부축해 주려다가 그만두었다. 그랬다간 일부러 그런 것이 탄로 날까 그냥 말로만 그녀를 걱정했다.

"괜찮으시오? 혹 빈혈기라도?"

"아, 아니에요. 발을 내딛는다는 것이 조금 실수를 했네요. 가시죠. 처소로 안내해 드릴 게요."

그 후 당정청은 심옥당의 대답도 듣지 않고 먼저 걸음을 옮겼다.

그제야 심옥당은 참아왔던 안쓰러움을 드러낼 수 있었다.

'당 소저. 결국 사랑 또한 마음이 지어내는 환상에 불과하니, 지금만 넘기면 다 세월 속에 잊힐 것이오.'

하지만 잊기 전까지 무엇보다 고통스러운 것이 바로 이런 상실의 고통이었다.

그래도 옛날 장자께서 이런 말씀을 하신 적이 있었다.

일절도회과거(一切都會過去).

이 말은 영광스러움도 지나갈 것이고, 치욕스런 것도 지나갈 것이고, 찬란한 것도 지나갈 것이다. 또, 이처럼 당장 견디기 힘든 괴로움도 결국 지나가 다른 모든 것들처럼 지난 과거로 남기 마련. 한마디로 인생 모든 것은 다 지나가고 마는 일이라는 뜻이었다.

'분명 다시 찾지만 않는다면 그렇게 될 것이오.'

생각을 마친 심옥당이 당정청의 뒤를 따랐다.

'결국 두 번 다시 이곳을 찾지 않을 거라 했는데, 역시나 인생은 마음먹은 대로만 되는 것이 아니구나.'

어디 이뿐인가?

유장천의 의지와 무관하게 한순간에 도둑맞은 육십 년의 세월, 또, 그 세월이 불러온 수많은 불행들. 초항아와 행복한 시간을 보냈던 운무곡만 벗어나도 온통 이런 것들뿐이니.

"무슨 생각을 그리 골몰이 하나?"

그러고 보면 눈앞의 당무독과의 일도 이와 다르지 않았다.

"아니요. 잠시 세상 일이 참 내 마음대로 되지 않구나란 생각을 하느라."

"어찌 자네는 나이도 한참 어린 사람이 나와 같은 늙은이가 할 법한 소리를 하는가?"

'그야 내가 너보다 육십 살이나 더 먹어서 그렇지, 요 꼬맹아.'

하지만 유장천의 입을 통해 나온 말은 전혀 다른 소리였다.

"야수궁에 대해 가주께 해줄 말이 있소."

"야수궁?"

바로 본론이라 당무독은 조금 떨떠름했지만, 그래도 야수궁의 일이라 곧 자세를 고치고 다음 말을 기다렸다.

"경청하지."

"가주도 잘 알다시피 이번에 난 야수궁의 봉공이란 두 늙은이와 궁주를 상대했소."

"그렇지."

"그런데 실제 내가 싸운 사람은 궁주 한 사람뿐이오."

"뭐? 허면 음양쌍괴와는 싸우지 않았단 말인가?"

"아니, 그건 아니고. 분명 그들과 대결을 했소. 하지만 그들과의 싸움은 마치 속이 빈 표주박을 깨트리는 일과 같았소. 싸움이 시작되고 생각보다 싱겁게 내게 패배를 시인한 것이오."

"음……."

만일 이 말이 사실이라면 확실히 이상한 일이었다.

"그리고 난 그 해답을 마지막으로 상대한 궁주와의 싸움을 통해 알았소."

"허면 대체 그 이유가 뭔가?"

"본시 봉공이란 그 늙은이는 진심으로 궁주를 따랐던 것은 아닌 듯하오. 그가 언청이란 사실에 불만을 품은 것인지, 아니면 궁주와 부궁주가 의형제란 사실에 불만을 품은 것인지. 아무래도 이번 기회를 제 잇속 챙기는 일에 이용하려던 것 같소. 그야말로 짐승 소굴다운 속내들이오."

"자, 잠깐! 언청이에 의형제라 했는가?"

"그렇소."

"허허."

당무독은 이날까지 생각지도 못한 사실에 허탈하다 못
해 맥이 빠졌다. 그래도 한 가지는 감이 왔다.

"자네는 그럼 야수궁이 조만간 큰 내란에 휩싸인다 말
하고 싶은 것인가?"

"물론이오. 아무래도 아직은 궁주를 따르는 자들이 있
지 않겠소? 헌데 그 속에 제 잇속을 챙기려는 두 늙은이
가 끼어들었으니, 아마 그 기간은 두 늙은이들의 역량에
달렸지만, 그때까지는 꽤 혼란에 휩싸일 것 같소."

"음…… 알겠네. 상황이 그렇다니 본가도 거기에 맞
출 수밖에."

"한 가지 더, 괜히 이틈을 타 복수를 하니 마니 이런
생각은 버리시오. 상황이 그쪽보다 나을 것도 없으면서
교만이고, 자만이오."

"가차 없군. 허나 그 또한 틀린 말은 아니네. 알겠네,
그렇게 하지."

"그럼 오늘 이야기의 마지막이오."

"마지막? 해줄 말이 이것 외에 또 있단 말인가?"

"있소. 아직 제대로 매듭을 짓지 못한 가장 어려운 일이."

"……!"

결국 당무독도 그게 무엇인지 깨닫고 말았다.

"오늘 당사자에게 내 직접 말할 것이오. 정말 가주 말대로라면 당사자에게 그다지 유쾌하지 않은 일일 테니. 잘 좀 다독여 주시오."

"음……."

"내 이야기는 여기까지요. 또, 내가 이곳에 머무는 것도 오늘뿐이오. 성의가 있으니 축하연 자리에는 참석하겠지만, 날이 밝는 대로 본래 예정대로 곤륜파로 향할 것이오."

일체 여지도 주지 않는 단호한 말이었다.

당무독으로서는 그나마 축하연 자리에 참석해 준다는 그 말에 자위할 수밖에 없었다.

"본인 이야기는 이게 전부요. 혹 가주께서 하고 싶은 말이 있소?"

"없네. 여기서 더 무얼 바라봤자 그건 다 과욕이고 집착이지. 나도 그 정도의 염치는 있네."

"그럼. 한 가지 중요한 일을 남겨둬서 이만 물러나겠소."

"그렇게 하게."

유장천이 먼저 용화정을 벗어났다.

묻지 않아도 알 수 있는 이 다음에 그가 벌일 중요한 한 가지.

사실 당무독으로서는 그의 바짓가랑이라도 잡고 싶었다.

'청아야…… 결국 이 또한 고통스러웠던 네 어미 죽음 때처럼 다 지나갈 것이다.'

결국 참을 수밖에 없는 이 순간처럼 당정청도 잘 참고 견뎌내길 빌 수밖에 없었다.

❖

당정청의 거처는 당문 내에서 봤을 때 당가주가 머무는 동편 별채에서 그리 멀지 않았다. 아니, 대부분의 가주 직계들이 동편에 거처를 갖고 있는 형편이다. 참고로 서편은 방계들이 주로 머물고 있었다.

이외에 당가와 무관한 손님들은 정문과 그리 멀지 않은 빈청에서 머물게 된다.

그래서 당정청은 심옥당을 그쪽으로 안내하고, 거의 유장천과 당무독이 대화를 마칠 때쯤 제 거처로 돌아왔다.

본래는 이 정도로 오래 걸릴 거리가 아니지만, 심옥당에게 듣게 된 한 가지 사실이 평소보다 그녀의 걸음을 느리게 만들었다.

아니, 사실 거처로 돌아가기가 싫었다. 거기에 있으면

언젠가 유장천이 그녀를 찾아올 테고, 분명 심옥당이 언급했던 말보다 더 가슴 아픈 내용을 그녀에게 전해줄 터.

'도대체 내가 왜 이러지…… 이날 이때까지 이토록 사내 때문에 가슴 아파 한 적이 없었는데…… 왜…….'

똑똑.

그 순간 마치 그 해답을 찾으라는 듯 문 두드리는 소리가 들렸다.

"……!"

당정청은 일순 심장이라도 멎는 것 같았다.

지금 문 밖 현재의 그녀를 있게 한 그가 서 있을 것이다.

"당 소저, 유장천이오. 들어가도 되겠소?"

역시나 예상대로 그의 목소리였다.

'난…… 난…….'

당정청은 이대로 그냥 없는 척하는 게 어떨까란 생각이 들었다.

"만일 지금 이야기하기 싫다면 그만두어도 좋소. 다만 오늘 이후로는 또 언제 이런 기회를 만들지 기약하기 힘들구려. 난 날이 밝는 대로 곤륜파로 떠날 것이오. 그러니 언제가 될지 모를 그때까지 건강히 잘……."

벌컥!

결국 열리지 않을 것 같던 문이 열렸다.

유장천은 돌아가려던 마음을 그만두고, 가만히 서서 문을 열고 나온 상대를 보았다.

"결정한 듯하구려."

"네. 그러니 들어오세요."

꽤나 오랫동안 머뭇거리던 것에 비해 당정청은 태연한 신색을 유지했다.

'일부러 떠볼 필요도 없었던가?'

이미 당정청이 안에 있던 것을 알던 유장천이라 떠보 듯 떠난다는 말을 꺼낸 것이다.

역시나 그녀가 문을 열어주었고, 무슨 다른 일이라도 하고 있었는지 별 다른 동요는 없어 보였다.

"허면 실례하겠소."

유장천은 비켜주는 당정청 곁을 지나 실내로 들어갔다.

'무가의 여인도 역시 여인은 여인이군.'

실내를 돌아보며 꽤 곳곳에 여인들의 취향이 묻어 있음을 알 수 있었다.

만개한 꽃이 들어 있는 화병도 그렇고, 벽을 채운 서화들도 주로 꽃에 대한 것들이다.

화장대가 있는 침실을 둘러보면 더 그런 점을 크게 느끼겠지만, 생각 외로 벽면이 병장기로 도배되거나 하지 않았다.

"이리로 앉으세요."

당정청이 멀뚱히 서 있는 유장천을 조금 전 그녀가 앉았던 탁자로 이끌었다.

꽤 오랫동안 거기에 앉아 있었던지 탁자 위의 차가 더는 뜨거운 김을 뿜어내지 않았다.

계속 유장천의 시선이 거기 머물자 슬쩍 그것을 한쪽으로 치우고, 새롭게 잔을 가져와 엷은 푸른 빛깔을 자랑하는 차를 따랐다.

"벽라춘(碧螺春)이에요. 주로 여인들이 즐겨 대협의 입에 맞을지 모르지만, 화향과 과실의 풍미가 일품이라 그리 나쁘지는 않을 거예요."

"상관없소. 어차피 차를 마시기 보다는 낭자와 이야기를 나누기 위해 온 것이니."

"그, 그렇군요. 네. 그럼."

당정청이 찻주전자를 한쪽에 내려놓고 유장천 맞은편에 앉았다.

자연히 마주보는 형국이라 둘의 시선이 마주쳤다.

그러나 누구 한 사람 먼저 눈을 돌리는 사람이 없었다. 서로를 보고 있어도 실제로는 각자의 생각에 잠겨 보고 있어도 보지 않는 것과 다르지 않았기 때문이다.

"당 소저."

"네?"

그제야 상념에서 깨어난 듯 당정청이 조금 놀란 반응을 보였다.

"소저는 아름답소."

"……!"

"그리고 마음씨 또한 곱다는 생각이 드오."

'아…….'

계속되는 칭찬에 당정청의 입이 살짝 벌어졌다.

"내가 만일 한 가슴으로 두 사람을 품을 수 있었다면 당장 사랑을 고백하고 싶을 정도로 말이오."

"……."

당정청이 입을 벌린 채로 굳어졌다. 결국 앞의 모든 칭찬이 그녀를 거절하기 위한 사탕발림과도 같았기 때문이다.

역시나 처음에 달콤했던 것만큼 이어지는 말들은 무척이나 썼다.

"일전에 춘부장께서 내게 혼인 이야기를 꺼낸 적이 있소. 당신에게 과년한 여식이 있으니, 아직 혼자라면 어떻겠냐고? 하지만 난 그 영광된 제안을 거절할 수밖에 없었소. 죄송하게도 내게는 평생을 같이하기로 한 여인이 있소. 이 순간에도 그녀는 고향에서 내가 돌아오기만을 기다리고 있소."

"하, 하지만 대협은 한 번도 운무곡을 나온 적이 없잖아요. 듣기로 이번에 곡에서 사람이 나온 게 처음이라는데 어찌 사랑하는 사람이 있을 수 있어요?"

닥치면 한다고. 결국 당정청이 해냈다. 유장천에게 있어 가장 넘어가기 힘든 그 부분을 걸고넘어진 것이다.

'망할! 설마 이런 것까지 생각하고 있던 거야? 이쯤되면 농담이라도 아니라고 할 수 없잖아.'

이런 생각이 들자 갑자기 세문세가의 서문옥이 떠올랐다. 왜 이 순간 갑자기 그녀가 떠오르는지 모르겠지만, 어쨌든 그때처럼 그녀를 앞에 두고 혼자서 상상의 나래를 펴는 것이 백 번은 낫다는 생각이 들었다.

"왜 말 못하죠? 설마 이제껏 말한 모든 것이 거짓말인가요?"

"아, 아니요. 내가 잠시 다른 생각을 하느라."

또 그 생각이 서문옥이란 말을 할 수 없어 서둘러 유장천이 변명 아닌 변명을 했다.

"내 이 자리에서 말하지만, 그건 어디까지나 헛소문이오. 어찌 사람이 육십 년간이나 꼼짝 않고 곡에 틀어박혀 살 수 있겠소? 다 남들이 모르게 오고 가는 길이 있기 때문이오."

"그런데 왜 그런 소문이 나지 않은 거지요? 사람을 만나려면 인가에 가야 되고, 인가에 가게 되면 싫어도 소문이 나게 될 텐데요."

'하아! 설마 나 몰래 심옥당 그놈에게 개인 수업이라도 받은 거야? 어찌 이리도 집요하게…….'

아무래도 이 자리를 모면하는 대로 꼭 심옥당에게 따져 물어봐야겠다는 생각을 했다.

"그게 아니면……."

"……?"

"제가 공자보다 나이가 많아 이렇듯 거짓말로 저를 거절하시는 건 아닌가요?"

'이건 또 뭔 지렁이 용트림하는 소리야? 여기서 나이가 왜 갑자기 튀어나와?'

이로 인해 한 없이 무겁고 진지해야 할 자리가 가볍다

못해 누군가에겐 가시방석처럼 느껴졌다.

그래도 괜한 누명은 뒤집어쓸 수 없었다.

"아니오. 내 이래 봬도 나이가 낭자가 생각하는 것보다 훨씬 많소. 단지 타고난 동안으로 그렇게 보일 뿐."

"정말인가요?"

"정말이요. 나이 많은 게 무슨 벼슬이라고 이처럼 떠벌리겠소."

"좋아요. 그럼, 진짜 마음에 둔 여인이 있어 혼인을 거절한다는 소리인가요?"

"물론이요."

"석가세존과 원시천존께 맹세할 수 있나요?"

"맹세할 수 있소. 아니라면 그 두 분께 당장에라도 천벌을 받겠소."

그런데 유장천은 알고 있을까? 지금 여기서 이러고 있는 자체가 이미 두 사람의 천벌을 부르는 짓임을.

"휴우……."

끝내 당정청이 긴 한숨을 내쉬었다.

'끝난 건가?'

하지만 아직 끝난 것이 아니었다.

"아무래도 제가 직접 그분을 만나야겠어요. 차라리 대

협을 설득하는 것보다는 그분을 설득하는 게 더 낫다는 생각이 드네요."

"자, 잠깐! 왜 낭자가 그녀를 만난다는 거요?"

이건 조금도 예상치 못한 반전이었다. 적당히 초항아의 존재를 거론하면 알아서 납득할 거라 여겼는데.

"낭자. 나는 가끔 이런 생각을 한다오. 인간이 느끼는 모든 기쁨, 고통, 슬픔이 모두 마음에서 일으키는 환상에 불과하지만, 결국 그 모든 것의 주인은 인간 아니오? 다시 말해 당사자의 선택에 따라 기쁨도, 슬픔도 되는 일 아니겠소?"

"시, 심 공자 왜 갑자기 그런 말을……."

"뭐, 갑자기 떠올라 해본 말이오. 왠지 이 말대로라면 꾹꾹 눌러 참기만 한다는 것은 너무 바보 같지 않소. 어차피 고통도, 괴로움도 지나가면 다 과거가 될 일. 후회의 찌꺼기조차 남기지 않은 것이 가장 삶을 보람 있게 사는 것 아니겠소?"

"……."

불행히도 당정청의 뒤에는 유장천의 의구심대로 심옥

당이 있었다. 다시 말해 지금의 당정청은 본인의 미련 절반에 심옥당의 부추김이 더해져 나온 결과란 뜻이다.

그래서 당정청은 낭자가 왜 만나냐는 물음에도 망설이지 않았다.

"어차피 지나가면 다 과거가 될 일이니까요. 그렇다면 최소 후회도 남지 않게 최선을 다해보려고요."

"⋯⋯."

결국 유장천의 입이 들러붙고 말았다. 아니, 그보다 이 순간 유장천은 심옥당의 고소하단 웃음소리가 어디선가 들려오는 것 같았다.

'으득. 심옥당. 분명 이 모든 건 분명 네놈의 농간이렷다?'

그래서 더는 참지 못하고 단도직입적으로 물었다.

"당 소저."

"네."

"혹 나를 만나기 전, 심옥당과 무슨 이야기를 나눈 적이 있소?"

"아니요. 아미산에서 예까지 오는 여정이 피곤했다고 바로 처소에 드셨어요."

"정말이요?"

믿을 수 없다는 듯 유장천의 미간이 좁혀졌다.

하지만 당정청의 표정은 조금도 달라지지 않았다. 역시나 그녀도 수만 가지의 얼굴을 갖고 있는 여인은 여인이었기 때문이다.

이로 인해 결국 유장천은 이 일이 초항아에게까지 불통이 튀는 사건으로 만든 것 외에 별 소득이 없었다나 뭐라나.

유장천이 당무독에게 말한 것처럼 인생 마음대로 되는 것 하나 없었다. 물론, 이조차 얼마 안 있으면 지나간 과거가 되어 버리겠지만.

9
운중언(雲中言)

급작스레 시작된 축하연이었지만, 의외로 꽤나 성황 속에 끝난 축하연이기도 했다.

참석한 자들의 마음이 온통 기쁨으로 충만해, 물론 한 사람은 예외이긴 했어도, 어쨌든 대부분이 같은 마음이라 즐겁고 흥겨운 속에 끝을 맞았다.

그 후, 사람들은 어둑해진 밤, 또는 취기에 이끌려 다들 각자의 처소로 돌아갔다.

누구보다 정신없고, 혼란스러웠던 유장천도 이 덕에 처소에 들어 휴식을 취할 수 있었다.

달칵.

그 순간 처소의 문이 열리며 심옥당이 들어섰다. 그는 당무독이 따로 할 이야기가 있다 불러 이제 처소에 돌아오게 되었다.

"이 모든 일의 원흉이 나타나셨군."

"예? 그건 또 무슨 뜬금없이 뒤끝만 긴 이야기입니까?"

"허면 모른 척하겠다는 것이냐?"

"아니, 뭘 알아야 아는 척을 하던 모르는 척을 하던 할 거 아닙니까? 이제와 돌아온 사람에게 무턱대고 그리 말하면……."

"네놈 아니더냐. 당 소저를 막후에 조종해 모든 일을 엉망진창으로 만든 놈이?"

"설마 가셨던 일이 잘 안 되신 것입니까?"

"어쭈 단단히 시치미를 떼네."

"시치미 아닙니다. 저한테 무슨 날고 뛰는 재주가 있다고 당 소저를 조종할까요? 뭔가 크게 결심한 것이 있어 그렇겠지요."

"그렇지. 그 계기를 네놈이 준 것일 테고."

"하지만 전 정말 하늘에 맹세코 구체적으로 그녀에게 뭘 하란 말은 하지 않았습니다."

"대신 그녀를 조종해 영락없이 내 정인과 만나게 해주겠단 약속을 하게 만들었지. 이 일에 각오는 되어 있겠지."

유장천이 자리에서 일어나 손가락을 풀며 심옥당에게 다가갔다.

우둑. 두둑.

걸음을 옮길 때마다 꽤나 끔찍한 소리가 유장천의 손에서 들려왔다.

하지만 심옥당은 누구보다 당당했다.

"잘되었군요. 저도 앞으로 제 주모가 되실 분이 너무도 궁금했는데, 당 소저 덕에 만날 수 있게 되었습니다."

"으득! 그전에 염왕부터 만나게 되면 그 생각이 많이 달라질 것이다."

유장천은 오늘만큼을 결코 그냥 넘어가지 않겠다는 듯 조금도 그 뜻을 꺾지 않았다.

현실이 이러니 심옥당도 내심 진짜 각오해야 하는 것은 아닌가 하는 생각이 들었다.

그 순간 하늘이 그를 도우려 했는지 유장천 너머의 벽에 걸린 한 폭의 그림이 두 눈에 들어왔다.

선인으로밖에 생각되지 않는 선풍도골의 노인이 구름 위에서 오연히 그 아래를 내려다보는 모습이다.

그가 바라보는 곳엔 사람도, 밭도, 강도, 산도 있었다.

하지만 이 순간 심옥당의 가장 큰 관심을 불러일으킨 건 그림이 아니라 거기에 적힌 문구였다.

운중도(雲中道) 도중운(道中雲) 피오지지(彼惡知之)
구름 속에 도가 있고, 도속에 구름이 있음을 저들이 어찌 알 수 있으랴.

"운도(雲道)!"

무슨 의도를 갖고 말한 것이 아니었다. 심옥당은 저 글자를 보자 바로 이 말이 떠올랐다.

'엥?'

유장천은 이 인간이 이젠 하다하다 별 정신 나간 수를 다 쓴다 하다가, 그도 그림을 보고 놀라움을 감추지 못했다.

'운도.'

확실히 저 문구를 보자 유장천은 일검사우 중 운도라

불리던 송학자(松鶴子)가 떠올랐다.

그는 늘 맹물 같은 인간이라 불렸다. 지금 그림에 적힌 문구처럼 늘 뜬구름 같은 소리만 해 친구들이 그렇게 부른 것이다.

도나 구름이나 어차피 잡기 어렵긴 마찬가지다. 송학자가 운도라 불리게 된 것은 사우의 인물들이 하나같이 풍운뇌우에서 따온 별호를 사용했기 때문만은 아니다. 오히려 그 맹물 같은 성격 때문에 친구들이 얼씨구나 하고 그 별명을 붙였다.

어느새 유장천은 심옥당은 뒤로한 채 그림 앞에 서서 뚫어져라 그것만 바라보았다.

그런데 어쩌다 유장천은 뒤늦게 온 심옥당보다 더 늦게 그림을 발견한 것일까?

이 또한 심옥당이 그 원흉이었다. 그 때문에 당정청과의 일이 꼬여 거기에 대해 고민하느라 이 그림에 관심도 두지 않았다가 이제 보게 되었다.

'역시 운도 너의 글씨체구나.'

틀림없었다. 심옥당이 이 순간 운도를 부르짖은 게 괜한 일이 아닌 듯, 그림 속의 선인도 운도였고, 문구도 운도의 글씨체였다.

'설마 이건 당철엽이 죽기 전, 이곳을 찾아와 선물로 남긴 것인가?'

하지만 그 맹물 같은 인간이 아무 이유 없이 누군가에게 그림을 그려 선물했을 리는 없단 생각이 들었다.

'아무래도 좀 더 세밀히 살펴볼 필요가 있겠군.'

그래서 유장천은 내기를 끌어올려 안력을 높였다. 그러자 한 순간 그림이 확 다가들며 그제야 평범하게 봐서는 볼 수 없는 무언가가 보였다.

'역시.'

예상대로 이 그림 속에는 한 가지 비밀이 숨겨져 있었다.

"잘했다."

"네?"

언제는 잡아먹을 듯 굴다가 또, 느닷없이 칭찬을 하자 심옥당은 어안이 벙벙했다.

그 순간 유장천이 그림에서 눈을 떼고 그를 돌아보았다.

"네놈 덕에 송학자가 남긴 전언을 볼 수 있게 되었다."

"진정 저 그림 속에 송학자 그분이 남긴 무언가가 들

어 있단 소리입니까?"

"더 정확히는 이 그림 자체가 송학자가 그린 그림이
다. 그런데 왜 이것이 여기에 있는지 그건 모르겠지만."

"아!"

유장천의 말에 심옥당이 갑자기 뭔가 떠올랐다는 듯
말했다.

"왜? 뭔가 들은 이야기라도 있더냐?"

"그렇지 않아도 당가주를 만난 자리에서 가주가 그러
더군요. 돌아가면 놀랄 만한 선물이 기다릴 것이라고.
설마 그 선물이 운도 어르신께서 남긴 그림이라니."

'후후. 꼬맹이가 점점 깜찍한(?) 짓만 해대는군. 선물
은 선물이되 능력껏 찾으라는 것인가? 혹, 혼사에 대한
나름대로의 보복인가?'

하지만 그림은 누구든 문을 열고 들어서면 제일 먼저
볼 수 있는 곳에 걸려 있었다. 다만 유장천이나 심옥당
이나 의외의 일로 거기까지 신경을 못 쓴 것일 뿐.

"이만 자자. 아무래도 일찍 출발해야겠다. 그의 전언
마저 본 마당에 더는 늑장을 부릴 수 없지."

"헌데 대체 송학자 어르신께서 그림에 뭐라 남기셨습
니까? 뭘 남겼기에 그토록……."

"궁금해?"

"예."

"궁금하면……."

조금 길게 말을 끌던 유장천이 진한 미소를 지었다.

"능력껏 알아봐. 지나가는 말로도 사람을 움직일 줄 아는 네놈이니, 이 정도는 그야말로 누워서 떡 먹기 아니더냐?"

"……."

심옥당은 새삼 느끼지만, 역시나 자신이 모시는 주군은 뒤끝 하나는 비교할 수조차 없는 천하제일이란 생각이 들었다. 하지만 사내로서 오기도 있는 지라 더는 유장천에게 묻지 않고 직접 그림 속에 숨겨진 무언가를 찾으려 눈을 밝혔다.

그 모습을 보며 유장천이 피식 웃었다.

'어디 한 번 밤새 눈이 벌게지도록 고생해 봐라.'

그 후, 자신은 먼저 잠자리에 들 것처럼 침실로 향했다.

과연 심옥당은 그림 속의 비밀을 밝혀낼까? 아니, 유장천은 당무독이 왜 따로 심옥당을 보자 했는지 묻지 않아도 되는 걸까?

해답과 상관없이 당문의 마지막 밤이 흘러가고 있었
다.

❖

　밤하늘을 배경 삼아 비둘기 한 마리가 정신없이 날갯
짓을 하고 있었다.

　그 후, 그런 비둘기가 몸을 쉰 곳은 하남 대별산 속에
자리한 낡고 특별할 것 없는 장원.

　하지만 이름만큼은 특별하다 못해 놀라웠다.

　호림모용세가.

　흔히 무리인들에게 천하제일장 또는 더 줄여 호림장으
로 불리는 곳이다.

　비둘기는 이곳의 지리가 익숙한 지 한 채의 전각의 창
에 내려앉아 부리도 창틀을 쪼았다.

　구구. 구구.

　그러자 기다렸다는 듯 창이 활짝 열리며 한 사람이 모
습을 드러냈다.

　호림장의 이인자이며, 능히 십패주들과도 자웅을 겨룰
수 있다는 총관 구양수였다.

그는 조심스레 전서구를 안아 올려 다리에 묶인 통에서 전서를 꺼내고, 미리 준비해 놓은 또 다른 전서를 그 안에 넣었다.

"수고했다. 그런데, 널 쉬게 할 수는 없을 듯하다. 서둘러 내 뜻을 그들에게 전해라."

구구.

알았다는 듯 전서구가 울어대고, 곧 밤하늘로 날아올라 언제 이곳을 찾았냐는 듯 흔적도 없이 사라졌다.

그 후, 구양수는 밝은 데로 와서 미리 꺼내 놓은 전서를 읽기 시작했다.

의뢰 착수.
그림자 없는 이로부터.

내용도 내용이지만, 그 보낸 이조차 모호하기 이루 말할 데 없었다.

하지만 구양수는 이것만으로 충분했다. 이번 일을 위해 동원된 자들은 천하가 모르는 구양수만의 힘이었다.

'호림장은 어느 누구도 넘봐서는 안 되는 곳이어야 한다. 나를 위해서도 또, 장주를 위해서도.'

이번 일을 계획하게 된 구양수의 의도였다. 그는 그래서 누구보다 빠르게 제 이름을 알려가는 한 존재가 눈엣가시였다.

누군가의 이름이 자꾸 천하의 정점으로 오르다 보면, 당연히 미리 그 자리를 차지한 자와 어깨를 나란히 할 수밖에 없었다.

그렇게 되면 한 사람에게만 고정되어야 할 시선이 양쪽으로 나뉘게 되고, 또, 이제껏 하나처럼 인식된 신념이 둘셋으로 갈리기 마련이다.

그 후, 찾아오게 되는 것은 너도나도 제 신념을 앞세우며 치열한 다툼을 벌이는 난세.

호림장의 존재 의의조차 흔드는 대사건의 시작이었다.

화르륵.

구양수는 별 내용 없는 전서도 증거를 남기지 않기 위해 등불을 이용해 재로 만들었다.

그런 뒤에야 편히 의자에 몸을 묻고 눈을 감았다.

"오늘따라 유달리 술 한잔이 생각나는군."

❖

조르륵.

절로 군침을 일게 하는 소리가 들리며 곧 빈 잔이 갈색 빛깔의 술로 채워졌다.

꽤나 독한 술인지 금세 주향이 사방으로 확 퍼져 나갔다. 그래도 거기에 섞인 달콤한 향기로 거부감이 들기보다는 오히려 더 입맛을 돋우었다.

"문주."

술을 따른 자가 바로 술잔을 잡아가는 자를 불렀다.

그는 어딘가 천성적으로 퇴폐란 두 자를 달고 태어난 듯했다. 눈앞의 술처럼 거부감과 유혹이 동시에 공존하는 자였다. 나이는 대략 사십 초반이나 중반으로 보였다. 이런 퇴폐적인 기운만 지우면 꽤나 청수한 인물의 소유자였다.

그가 술잔을 집어 들며 대답을 했다.

"왜?"

"언제까지 그를 저토록 방치하실 것입니까? 누가 뭐래도 저자는 그의 손자 아닙니까?"

"그? 손자? 훗. 다 개 같은 소리. 무림이 언제부터 누구 제자, 누구 손자는 봐주면서 흘러왔나? 언제나 무언가를 얻으려면 직접 제 능력을 보여야만 해."

"하지만 그 뒤에 있는 누군가를 배려해 양보하는 것도 아예 없지만은 않습니다."

"그래서? 이쯤에서 저자를 여기로 부르자고?"

문주라 불린 자가 슬쩍 아래에 시선을 주었다.

현재 둘은 사방이 탁 트인 이층 높이 정도의 누각에 있었다. 주변에 작은 연못도 있고, 곳곳에 아무렇게 핀 야화들이 밤하늘에 뜬 달과 별과 어울려 절로 주흥이 일게 만드는 곳이었다.

하지만 하나 어울리지 않은 것이 있었다. 누각에서 오 장여 정도 떨어진 곳에 장승처럼 서 있는 사내 하나. 엉망으로 자란 수염 덕에 제 모습을 알아보기 힘들었지만, 이 순간에도 누각을 바라보는 그 눈빛만큼은 한 번 보면 잊기 힘들 정도로 강력했다.

"예. 삼 일이면 그만한 의지는 충분히 보였다고 봅니다. 이제는 저자가 무슨 말을 하려는지 들어보는 것도 나쁘지 않다고 봅니다."

"그래서 네가 금사궁의 제갈이나 야수궁의 사마보다 못하단 말을 듣는 것이야."

"……"

이 말이 마치 무슨 엄청난 욕이라도 되는지 사내를 설

득하는 자가 입을 다물었다.

"사람이 독할 때는 독해야지. 아직 저 눈빛을 봐. 꺾이려면 멀었어. 상대에게 뭔가 부탁을 하려면 그런 공손함을 보여야지. 적어도 그 상대가 십패주라면 말이야. 안 그래?"

"그렇군요. 속하가 실언을 했습니다."

"그러니 가서 아이들이나 불러와. 오늘도 한 번 신명나게 밤을 즐겨보게."

"예."

설득하던 자가 물러나고, 얼마 안 있어 화려한 복장의 여인들이 한 무더기 문주란 자가 있는 누간으로 올라갔다.

그 후, 그 안에서 풍악 소리가 울려 퍼지며 여인들과 사내의 질퍽한 웃음소리가 바람을 타고 사방으로 퍼져나가기 시작했다.

당연히 이 소리가 누각 아래에 있는 사내의 귀에 들리지 않을 리 없었다.

'역시 하오문(下午門)은 그 천박한 태생처럼 결코 천하 안녕에는 관심이 없는 것인가? 아니면, 아직 이 모용각의 진심이 저자에게 전해지지 않은 것인가?'

정말 이 순간 누각 위의 하오문주를 바라보는 이가 모

용각이라면 놀라운 일이었다.

그는 쌍절공자라 불리며 뛰어난 무공과 외모 그 못지
않은 인품으로 이름을 알리고 있었다.

그런 그가 단 한 번의 패배가 그토록 충격적인가? 몇
달 사이에 전혀 알아보지 못할 정도의 사람으로 변했다.

악록산에서 유장천과 헤어진 후, 그는 유장천과 반대
로 동편으로 향했다.

그 후, 도착한 곳이 바로 절강 항주. 당연히 이곳에서
십패의 한 곳으로 불리는 하오문을 찾았다.

하오문. 전통을 놓고 봤을 때는 절강에서 이보다 오래
된 문파는 없을 것이다. 하지만 이들은 그 갖고 있는 태
생적 한계로 거지들의 집단인 개방보다 더 못한 곳으로
인정받고 있었다.

사기꾼, 도둑, 탈주병, 파문제자, 이보다 나은 자들도
기녀, 숙수, 점소이, 하인 등등.

거지를 제외한 온갖 하층민들이 이들 소속이었다. 이
런 이유로 무림인들은 이들을 좌도방문이라 부르며 녹림
이나 수로채보다 더한 곳으로 여겼다.

하지만 개방처럼 이곳도 인재들의 집합소란 면에서 결
코 뒤떨어지지 않았다. 특히 정보에 있어서는 더 다양한

군상들을 품고 있는 하오문 쪽이 높았다.

그런 그들이 이십 년부터 천하인들의 주목을 받으며 무섭게 성장해 지금은 십패에 속한 소림, 무당과 어깨를 나란히 하고 있었다.

이 모든 것에 한창 모용각 앞에서 기녀들과 난봉한 짓을 벌이는 저 사내가 있었다.

야왕(夜王) 하진성(霞進聲).

하오문의 총수이며 절강무림의 실질적인 지배자랄 수 있는 사내였다. 보이는 것과는 십분 다른 인간이었다.

'좋다. 네가 그토록 날 희롱한다면 나 또한 결코 물러나지 않은 의지를 보여주마. 그렇게 우리 둘 중 참을성이 누가 더 강한가 내기해 보자.'

흔들리던 모용각의 두 눈이 다시 초점을 잡으며 전보다 더욱 강하게 빛을 발했다.

그리고 그러면 그럴수록 뭐 때문인지 누각 안에서 흘러나오는 풍악 소리와 음탕한 웃음소리가 점점 커져 가는 것만 같았다.

❖

294

청해(靑海).

분명 그 지명은 넘실거리는 푸른 바다를 연상시키지만, 이는 엄연히 땅을 지칭하는 명칭이다.

북서쪽은 신강(新疆), 북쪽과 동쪽은 감숙(甘肅), 남동쪽은 사천(四川), 남서쪽은 서장(西藏)에 접한다.

이처럼 절반은 중원에 또, 절반은 변황에 닿아 사실상 이 둘을 나누는 직접적인 경계 역할을 하고 있었다.

그 때문인지 전체적인 지형이 그 중심이 되는 곤륜산맥(崑崙山脈)과 그 지맥인 아이김(阿爾金), 기련(祁連)에 영향을 받아 사천보다도 더한 고원지대를 이룬다.

하지만 곳곳에 자리한 하천, 담수호, 염호(鹽湖) 덕에 굴곡을 이루기 보다는 전체적으로 평평한 초원지대를 이루었다. 이것이 바로 청해라 불리게 된 진짜 이유로, 이 중에서도 가장 큰 초원을 끼고 있는 곳은 뭐니 해도 중원 최대 염호로 불리는 청해호(靑海湖)다.

그래서 이곳을 찾은 여행자들은 중원에 비해 그다지 볼 것이 없는 청해임에도 청해호와 그 주변을 감싼 푸른 초원 때문이라도 무슨 일이 있어도 이곳을 찾았다.

물론, 곤륜으로 향하는 두 여행객들인 유장천과 심옥당도 그런 면에서는 다르지 않았다.

"좋지 않느냐?"

"……"

하지만 심옥당은 유장천과 함께 넘실거리는 청해호의 푸른 물결과 또, 탁 트인 그 주위의 너른 초원을 보고 있음에도 어딘가 심드렁한 표정이었다.

'으구! 저 화상! 이럴 거면 대체 왜 따라붙은 거야? 그냥 당문에서 안녕하고 말지.'

그래도 나름 이날까지 여러모로 도움(?)을 받은 일이 많아 꾹 참고 대화를 시도했다.

"뭐가 또 불만이냐?"

"제가 뭘 말입니까?"

"사천을 떠나고부터 쭉이잖아. 그럴 거면 대체 뭐하러 따라온 거야? 그냥 거기서 제 갈 길을 가고 말지."

"정말 주군께서는 나날이 생사람 잡는 기술만 느시는 군요. 저보다 충성스런 수하가 또 어디 있다고 왜 틈만 나면 못 잡아먹어 안달입니까? 전 그냥 말 대신 이용한 이 낙타란 것이 익숙하지 않고, 거기다 아직도 풀지 못한 그 구름 속의 내용 때문에 고민하고 있을 뿐. 그 어떤 불만도 없습니다."

“…….”

하지만 아니라 하면서도 결국 제 할 말은 다 했다.

말을 이용하자는 심옥당의 제안과 달리, 언제 또 낙타를 타보겠느냐고 고집 부린 유장천에 대한 불만이 첫째였고, 두 번째는 역시나 이때까지도 풀지 못한 당문에서 보게 된 그 그림에 있었다.

불행히도 그는 떠나는 그 다음 날까지 눈이 벌게져라 바라보았지만, 끝내 그 안에 담긴 비밀을 풀지 못했기 때문이다.

‘휴우. 팔자려니 해야 하련가? 마누라 속여 도망쳐 온 놈은 결국 마누라와 같은 수하를 만나 그 죗값을 고스란히 치러야 한다는 뭐 그런…….’

유장천은 결국 두 손 두 발 다 들었다. 그냥 몇 대 패고 입 꾹 다물게 할까도 했지만, 사람마다 다 특징이 있었다. 노대붕과 곽당은 그게 통해도 심옥당은 오히려 점점 사춘기 소년처럼 점점 삐뚤어지고(?) 말리라.

왜? 유장천 스스로가 그랬으니 잘 알고 있었다.

‘으구! 미운 정도 정이라고. 다 그놈의 정이 웬수다!’

애꿎은 정을 탓하며 유장천이 그토록 심옥당이 가진 불만 중 가장 큰 불만을 해소해 주었다.

"한마디로 운중언(雲中言)이다."

"운중언이요?"

이제와 달리 심옥당의 눈이 반짝거렸다.

"그래. 송학자가 그림을 통해 남기려던 것은 내가 지금 언급한 대로 그 답이 구름 속에 있었다."

"예?"

심옥당은 다시금 당문에서 보았던 그 그림을 떠올렸다. 거의 밤새도록 뚫어져라 보고 있던 지라, 그냥 떠올렸을 뿐인데도 생생히 머릿속에 그려지기 시작했다.

구름을 탄 신선이 오연히 세상을 내려 보는 그림이었다.

그가 바라보는 곳엔 사람도, 밭도, 강도, 산도 있었다. 또한 짐승도 있고, 나무도 있고, 마치 세상 전부를 표현한 것처럼 모든 것이 다 함께 어우러져 있었다.

그런데 그 모든 걸 한 곳에 다 표현하려니 어딘가 비율이 맞지 않은 부분이 있었다.

이런 이유로 심옥당은 주로 거기에 어떤 비밀이 있는 것은 아닌가 샅샅이 뒤져 보았다.

하지만 유장천의 말을 빌리자면, 해답은 신선이 바라보는 발아래가 아닌, 그가 밟고 있는 구름에 있었다는 말이 아닌가?

'설마 그럼. 그 이상한 비율이나 선인의 시선은 다 진실을 감추기 위한 속임수였던가?'

충격이 아니라면 솔직히 거짓말이었다. 하지만 진짜 충격은 이어진 유장천의 말에 있었다.

"언제나 답은 문제의 근처에 있는 것처럼 그 그림에도 답에 대한 단서가 나와 있었다."

"예?"

심옥당이 빠르게 다시 한 번 그림의 모든 것을 떠올렸지만 바로 떠오르는 것이 없었다.

"머리를 맹신하는 자일수록 제 꾀에 더 잘 빠진다더니 네가 그렇구나. 다시 한 번 떠올려 보거라. 그 그림에는 그림 말고도 다른 것이 또 있었다."

'다른 것이라니 대체 또 뭐가!'

여기까지 생각을 이어가던 심옥당의 눈이 휘둥그레졌다.

확실히 유장천의 말대로 그림에는 그림 외에도 한 가지가 더 있었다.

글씨. 정확히는 그 의미가 모호한 문구가 적혀 있었다.

운중도(雲中道) 도중운(道中雲) 피오지지(彼惡知之)
구름 속에 도가 있고, 도속에 구름이 있음을 저들이

어찌 알 수 있으랴.

'설마 그럼?'

심옥당의 눈빛이 한결 강해졌다.

"홋. 이제야 제대로 알아챈 듯하군. 맞다. 지금 네놈
이 생각하는 대로다. 단순히 그 글귀는 그 그림을 그린
사람이 송학자임을 나타낸 것이 아니다. 말 그대로 해답
이 어디 있는지 가르쳐 주는 단서였던 것이다."

도는 언제나 도인들이 갈구하고 얻으려는 최종 진의였
다. 다시 말해 그건 문제에 있어서 가장 중요한 해답과
같았다.

그러니 뒤에 나오는 피오지지는 거기에 대한 가장 중
요한 단서였다.

그런데 심옥당은 그걸 단순히 선인이 땅 아래서 도를
모르며 살아가는 만생들에 대한 안타까운 탄식 정도로만
여겼으니.

정답은 구름 속에 있다고 친절히 알려주기까지 했는데
도, 결국 유장천 말마따나 제 꾀에 제가 빠진 꼴이었다.

"운도란 분. 소문과는 매우 다른 분이시군요. 소문에
는 사우 중 제일 맹탕인 분이시라던데."

乾坤
無雙

"후후. 그 말은 맞다. 운도는 풍개, 뇌웅, 우사로 통하는 사우 중 제일 맹물 같은 인간이지. 하지만 맹물이라도 그 안에는 많은 것을 품고 있다. 왜 물을 잘못 먹으면 배탈이 난다고 하지 않더냐? 다시 말해 그건 똑같은 물인 듯해도, 그 안에 뭔가 보이지 않은 무엇이 있어서 그런 것 아닐까? 이 말대로 보이지 않을 뿐, 아니, 그 그림처럼 운도 송학자는 드러내기 보다 더 많은 걸 속에 감추고 살아가는 인물이다."

'음.'

인정하지 않을 수 없었다. 정말 이런 식이라면 그야말로 사우 중 가장 무서운 사람일지 몰랐다.

'아니, 그보다 더 무서운 자는 오히려 만나보지도 않은 자의 속내까지 읽어내는 주군이 아닐까?'

불행히도 심옥당이 또 한 번 제 꾀에 빠지는 순간이었다.

"여하튼 그런 송학자지만, 누군가를 심히 곤란하게 만드는 자는 아니다. 결국 맹물 같은 인간임에는 틀림없다는 사실이지. 이번 일만 봐도 그렇지 않느냐? 친절히 그 답을 그림 속에 적어 놓은 걸 보면."

"하지만 그건 친절하기 보다는 외려 심술에 더 가까운

행동입니다."

"하하. 그야 그렇게 네놈이 선입견을 가지고 그를 봐
서 그런 거잖아. 난 그림을 맨 처음 봤을 때 바로 답이
거기 있음을 알겠던데."

"그건 주군이 그분과 연관이 있는 건곤무제의 후예이
기 때문 아닙니까? 그러니 당연히 저보다는 많이 아는
수밖에."

"아니. 그건 달라."

"뭐가 말입니까?"

"그야…… 오랜만에 또다시 이 말을 꺼내게 되는군.
내가 전에도 한 번 말했지? 알면 다쳐."

"……."

왠지 또다시 수수께끼와 같은 말이라, 이제껏 그걸로
고생한 심옥당의 얼굴이 바로 일그러졌다.

"자, 그럼. 원하던 대로 불만도 풀어줬겠다, 이제 한
번 청해의 초원을 신나게 달려보자. 이럇!"

유장천이 타고 있던 낙타의 고삐를 위아래로 힘껏 낚
아챘다.

우어어엉.

말과는 확연히 다른 울음소리를 내던 낙타가 힘차게

초원 위를 질주했다.

"잠깐! 주군 같이 가, 아니, 그전에 대체 구름 속에 뭐라 적혀 있는지 말을 해줘야지요. 주군. 주구우우운!"

뒤늦게 심옥당이 그 뒤를 따라붙으며 그제야 더 중요한 게 생각났다는 듯 크게 소리쳤다.

결국 그는 문제를 푸는 방법만 찾았을 뿐, 여전히 가장 중요한 해답은 알지 못했다. 그래서 어떻게든 그 답을 알고자 멀어져 가는 유장천의 뒤를 쫓아 힘차게 낙타를 몰았다.

그리고 그런 그들이 향하는 곳은 당연히 청해의 척추와 같은 곤륜산맥.

바로 문제의 운도 송학자가 머무는 곤륜파였다!

〈『건곤무쌍』 제4권에서 계속〉

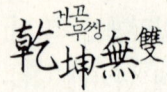

1판 1쇄 찍음 2012년 12월 7일
1판 1쇄 펴냄 2012년 12월 12일

지은이 | 추몽인
펴낸이 | 정 필
펴낸곳 | 도서출판 **뿔미디어**

편집장 | 이재권
기획 · 편집 | 심재영
편집디자인 | 이진선
관리, 영업 | 김기환, 임순옥

출판등록 | 2002년 9월 11일 (제1081-1-132호)
주소 | 부천시 원미구 상3동 533-3 아트프라자 503호 (우)420-861
전화 | 032)651-6513 / 팩스 032)651-6094
E-mail | bbulmedia@hanmail.net

값 8,000원

ISBN 978-89-6775-074-9 04810
ISBN 978-89-6639-996-3 04810 (세트)

http://www.bbulmedia.com